Jeanette Schmid

Gary

und die unsichtbaren Tränen der Anderen

www.tredition.de

© 2017 Jeanette Schmid

Verlag: tredition GmbH, Hamburg

ISBN
Paperback: 978-3-7439-6776-2
Hardcover: 978-3-7439-6777-9
e-Book: 978-3-7439-6778-6

Druck in Deutschland und weiteren Ländern

Vorwort

Mit offenen Augen durchs Leben gehen, Dinge hinterfragen und die unsichtbaren Tränen der Leidenden sehen.

Wir sind viel zu sehr mit uns selbst beschäftigt, nehmen das Leid um uns herum meist gar nicht wahr.

Wenn wir es wahrnehmen, dann ignorieren wir es, weil Wegschauen immer der einfachere Weg ist.

In meinem Buch möchte ich Tiere nicht vermenschlichen.

Ein Tier soll ein Tier sein dürfen, mit allem was dazu gehört.

Es soll seine Sozialleben und seine Instinkte ausleben dürfen.

Jedes Lebewesen hat es verdient, mit Respekt und Achtung behandelt zu werden, es liegt in unseren Händen, ob unsere Haustiere ein glückliches Leben führen dürfen. Genau das sollten wir uns immer wieder mal bewusst machen.

Futter und Wasser alleine reichen bei weitem nicht aus, es gehört noch so viel mehr dazu.

Erzieht eure Kinder zu emphatischen und mitfühlenden Erwachsenen.

Sie sind die Zukunft für unseren Planeten.

Wenn wir alle nicht nur geradeaus, sondern auch mal nach links und rechts schauen gelingt es uns bestimmt, das Leben für viele andere, ob Mensch oder Tier ein bisschen besser zu machen.

Wir sollten es uns zur Aufgabe machen, dass die, die wir lieben glücklich sind!

Mein Name ist Jeanette Schmid, ich bin am 26.11.1969 geboren, verheiratet und habe zwei Töchter.

Schon seit ich denken kann, spielen Tiere in meinem Leben eine ganz große Rolle.

Empathie und Mitgefühl waren schon immer meine Stärken.

Wenn ich mich dazu entscheide, einem Tier ein Zuhause zu schenken, dann möchte ich, dass es bei, und mit mir ein glückliches Leben führt.

Irgendwann habe ich angefangen, Kurzgeschichten über Tiere zu schreiben. Die Geschichte von Hoppel, dem Kaninchen wurde in den sozialen Netzwerken so oft geteilt, ich bekam so viel positives Feedback, dass ich mich entschlossen habe, dieses Buch zu schreiben.

Wenn ich nur einen einzigen Menschen zum Umdenken bewege und dadurch einem Tier zu einem besseren Leben verhelfen kann, hat sich dieser ganze Aufwand für mich gelohnt.

Bedanken möchte ich mich bei den vielen Lesern meiner Kurzgeschichten, die mich dazu ermutigt haben, dieses Buch zu schreiben.

Außerdem geht ein ganz lieber Dank an meinem Mann Mike, der es mit so einer Tierverrückten wie mir nicht immer ganz leicht hat, aber dennoch immer hinter mir und meinen Entscheidungen steht. Der oft auf seine Freizeit verzichten muss, weil das Kaninchenhaus noch nicht perfekt ist, oder die Voliere mal wieder renoviert oder angebaut werden muss.

Der auch mal die Fütterung irgendwelcher Tierbabys übernimmt, wenn ich verhindert bin. Ebenfalls ein riesengroßes Dankeschön geht an meine Töchter Vanessa und Jennifer. Sie waren die ersten, die dieses Buch lesen durften und mich dazu ermutigt haben, es zu veröffentlichen.

Gary und die unsichtbaren Tränen der Anderen

Ich erblicke das Licht der Welt

Angenehm warm war es hier. Ich fühlte mich rundum wohl in meiner Umgebung, ich spürte den Herzschlag meiner Mutter und die Nähe meiner Geschwister. Ich kannte keine Gefühle wie Kälte, Angst oder Hunger.

Alles war so perfekt, bis zu diesem Tag an dem es hier ganz unruhig wurde. Plötzlich wurde ich gedrückt und geschoben, Panik ergriff mich, als ich irgendwo hindurch glitt.

Dann war mit einem Ruck alles anders. Das angenehme Gefühl der Geborgenheit und Wärme wich einem Gefühl des Alleinseins und der Kälte. Ich merkte, wie die dünne Haut die mich umgab plötzlich platzte.

Ich fühlte den Herzschlag meiner Mutter nicht mehr und ich konnte meine Geschwister nicht mehr spüren.

Als irgendwas über mein nasses Fell glitt, beruhigte ich mich. Ich spürte wohlige Vibrationen, die mir vertraut waren und mir wurde bewusst, dass meine Mutter bei mir war.

Als sie mir mit ihrer rauen Zunge das Gesicht ableckte, sog ich zum ersten Mal Luft in meine Lungen und atmete selbständig.

Sofort drang ein faszinierender Geruch in meine Nase und zog mich regelrecht an, ich musste da hin. Also begann ich mit den Pfoten zu rudern, es musste doch möglich sein zum Ursprung dieses Duftes zu gelangen.

Ich spürte die Pfote meiner Mutter, die mich sanft zur Quelle schob. Mit wackligem Köpfchen suchte ich an ihrem Bauch nach einer Zitze, die ich mit meinem kleinen Mäulchen umschloss und zu saugen begann.

Neben mir bewegten sich meine Geschwister und ich wusste, alles würde gut werden. Das Gefühl der Geborgenheit stellte sich wieder ein und als

meine Mutter mir erneut mit ihrer Zunge über das Fell leckte, schlief ich völlig erschöpft ein.

Als ich wieder aufwachte, lag ich inmitten meiner Brüder und Schwestern. Ihre Wärme und die Vibration des Schnurrens unserer Mutter sorgten dafür, dass ich mich absolut geborgen fühlte.

So vergingen mehrere Tage, an denen ich nichts anderes tat als schlafen und gemeinsam mit meinen Geschwistern an den Zitzen unserer Mutter zu trinken. Unsere Mama verließ uns immer nur für ganz kurze Zeit, meist lag sie bei uns und umsorgte uns liebevoll.

Nach einigen Tagen schaffte ich es, meine Augen zu öffnen. Noch etwas verschwommen konnte ich nun meine vier Geschwister und unsere Mutter erkennen. Meine drei Schwestern hatten ebenfalls die Augen geöffnet und wir schauten uns neugierig an.

Mein Bruder, der einzige Kater außer mir, war der kleinste von uns allen und bei ihm waren die Augen so verklebt, dass er es nicht schaffte, sie zu öffnen.

Immer wieder versuchte unsere Mutter die Augen des kleinen zu säubern, was ihr aber nicht so richtig gelang.

Noch ein paar Tage später öffneten sich dann auch meine Ohren, was mich zunächst verwirrte. Bisher hatte völlige Stille mein Leben begleitet und so musste ich mich erst an die vielen Geräusche gewöhnen.

Jetzt wurde es hier erst so richtig interessant! Ich konnte das Schnurren meiner Mutter nicht nur fühlen, sondern auch hören.

Manches machte mir und meinen Geschwistern Angst, aber unsere Mutter beruhigte uns und erklärte was die unterschiedlichen Geräusche für Bedeutungen hatten.

So wussten wir bald, wie sich der Traktor des Bauern anhörte, das Bellen des Hofhundes oder das Muhen der Milchkühe. Wir hörten die Stimmen der Menschen, die hier auf den Hof lebten und das Gegacker der Hühner. Wenn am frühen Morgen der Hahn krähte, wussten wir dass ein neuer Tag angebrochen war.

Von Tag zu Tag, wurden unsere Bewegungen koordinierter und wir begannen mit tapsigen Schritten die Welt außerhalb unseres Nestes zu erkunden.

Da unsere Mama große Angst vor dem Bauer hatte, mussten wir ihr versprechen ins Versteck zu flüchten und uns leise zu verhalten, wenn er mal hier hochkommen sollte. Er hatte ihr und den anderen Katzenmamas schon öfter die Babys weggenommen und sie hätten ihre Kinder dann nie wieder gesehen. Das fanden wir ziemlich unheimlich und wir gaben unserer Mutter das Versprechen auf uns aufzupassen und die Menschen zu meiden. Unsere Mama schien gar kein gutes Bild von den Menschen zu haben, eigentlich lebte sie hier in ständiger Angst.

Als ich sie fragte, warum sie dann so nah bei diesen Menschen leben würde erklärte sie mir, dass sie hier genug Nahrung finden würde und wir ein trockenes Lager hätten. Für eine Katze sei es nicht so einfach, irgendwo Unterschlupf zu finden, und da wäre so ein Heuboden einfach ideal.

Hier konnte sie etwa zweimal im Jahr ihre Jungen gebären und großziehen.

Vorausgesetzt, die Kitten wurden nicht von dem Bauern gefunden und waren gesund um groß und stark zu werden.

Um uns klar zu machen, wie schlimm der Bauer war, erzählte sie uns von den anderen Tieren, die hier auf dem Hof lebten.

Sie erzählte uns von den Kühen, die nebenan angebunden in einem Stall stehen würden und diesen nicht verlassen könnten. Der Mensch würde ihnen die Kinder wegnehmen und die Milch, die eigentlich für die Kälber bestimmt war, einfach für seine Zwecke nutzen. Den Hühnern würde man die Eier klauen und der Hofhund würde ein trauriges Dasein angebunden an einer Kette fristen.

Das alles machte mich sehr nachdenklich. Warum durften die Kälbchen nicht bei ihren Mamas aufwachsen? Für mich war meine Mutter sehr wichtig, ich konnte mir gar nicht vorstellen ohne sie zu sein. Außerdem gab es doch nichts Schöneres, als an Mamas Bauch zu liegen und an ihren Zitzen die gute Muttermilch zu trinken. Wie schrecklich einsam mussten sich doch die Kälbchen ohne ihre Mama fühlen.

Oder, warum durfte der Hund nicht einfach so herumlaufen, warum war er angebunden?

Von anderen Katzen hatte Mama aber auch schon gute Sachen über die Menschen gehört. Manche lebten anscheinend sogar in den Häusern der Menschen und bekamen dort auch ihr Fressen und wurden liebevoll umsorgt von ihnen. Das alles änderte aber nichts an der Meinung unserer Mutter. Mama war hier auf dem Hof geboren und hatte ihn auch noch nie verlassen. Sie kannte nur diese Menschen und mit denen hatte sie noch nie gute Erfahrungen gemacht.

Während meine Schwestern und ich immer munterer wurden und so langsam die Welt erkundeten, ging es unserem kleinen Bruder von Tag zu Tag schlechter. Seine Augen waren noch immer verklebt und aus der Nase floss eine zähe Flüssigkeit, die ihn am Atmen hinderte. Dadurch konnte er nur mit größter Mühe die so wichtige Muttermilch trinken, was zur Folge hatte, dass er nicht an Gewicht zunahm. Er war zu schwach um auf seinen Beinen zu stehen und unsere Mutter machte sich große Sorgen.

Viele Kätzchen, so erklärte sie uns, würden die ersten Lebenswochen nicht überleben, weil sie von Geburt an krank waren. So bereitete sie uns darauf vor, dass wir unser Brüderchen vermutlich bald verlieren würden.

Wenn vier von fünf das erste Lebensjahr erreichen würden, sei sie sehr glücklich, sagte sie, meist wären mehrere Kätzchen dem Tode geweiht.

Während unser Bruder also um sein Leben kämpfte, mussten wir unsere Sinne für die Zukunft trainieren.

Wenn unsere Mutter sich liebevoll um unseren Bruder kümmerte, spielten wir dicht daneben im Heu. Unsere Schritte waren noch nicht so koordiniert, so dass unsere Bewegungen oft unbeholfen und lustig aussahen. Aber wir hatten jede Menge Spaß. Wir spielten Verstecken und Fangen, bis wir vor Erschöpfung dicht zusammengekuschelt einschliefen.

Von Tag zu Tag wurden wir schneller und unsere Sprünge sicherer. Oft brachte Mama uns jetzt von ihren Beutezügen eine Maus mit, die wir selbst fangen und erlegen mussten. So trainierten wir langsam unsere Selbständigkeit.

Unser Bruder wurde unterdessen immer schwächer und Mama spürte, dass es nun nicht mehr lange dauern würde, bis er über die Regenbogenbrücke in eine andere Welt gehen würde.

Kurz bevor er einschlief, rief Mama uns zu ihm. Noch ein letztes Mal, leckten wir ihm liebevoll über das Gesicht und verabschiedeten uns von ihm. Dann hörte sein Herz auch schon für immer auf zu schlagen. Als ich sah, wie schwer dieser Abschied für unsere Mama war, überkam auch mich eine unsagbare Traurigkeit. Nachdem er ruhig eingeschlafen war, trug Mama ihn fort.

Meine Schwestern und ich blieben schweigend stehen und schauten ihr nach. Wir hatten keine Ahnung, wohin sie ihn brachte und wollten sie auch nicht mit unnötigen Fragen nerven.

Als sie wiederkam, kuschelten wir uns ganz dicht an sie, das gab uns allen ein ganz großes Gefühl der Geborgenheit und des Trostes.

Mir jagten tausend Gedanken durch den Kopf, aber schließlich konnte ich doch irgendwann einschlafen.

Engelchen Joelina

In dieser Nacht, hatte ich einen Traum, oder soll ich besser sagen, eine Begegnung? Ein winziges schwarzweißes Kätzchen erschien plötzlich und fing an zu erzählen:

„Hallo lieber, kleiner Kater,

ich bin Joelina, das Kind einer „wilden" Katze. Meine Mama hatte kein richtiges Zuhause, musste immer für sich selbst sorgen, so wie du und deine Familie auch.

Sie war noch recht jung, als ich geboren wurde. Eines Tages trug sie uns in einen Hühnerstall, hier war es warm und trocken. Da sie großen Hunger hatte, ließ sie uns, wie schon oft, alleine um auf Mäusejagd zu gehen. Als sie nach mehreren Stunden noch immer nicht zurück war, fingen mein Bruder und ich an zu weinen. Wir machten uns Sorgen um sie, hatten Hunger und Angst. Plötzlich stand eine Frau vor uns, sie musste uns weinen gehört haben. Vorsichtig hob sie uns hoch und nahm uns mit in ihr Haus. Wir zitterten vor Angst, hatten ja keine Ahnung, was jetzt passieren würde. Nach einem Telefongespräch wurden wir in ein Körbchen gesetzt und in ein Auto geladen. Nach einer kurzen Fahrt nahm uns eine andere Frau entgegen, die uns gleich eine Nahrung zubereitete. Bei meinem Bruder war der Hunger wohl größer als die Angst, er begann sofort, aus dem Schoppen zu trinken

Da ich im Gegensatz zu meinem Bruder sehr klein und zierlich war, musste meine menschliche Pflegemutter mir die Aufzuchtsmilch die erste Zeit mit einer Spritze eingeben, da ich mich vor lauter Panik weigerte selbst zu trinken.

Aber schon nach ein paar Tagen merkte ich, dass die Menschen hier sehr lieb waren und es gut mit uns meinten. Bald schon genoss ich es, bei meiner Ersatzmami auf dem Schoss zu liegen und vorsichtig gekrault zu werden. Wir lebten in einem großen Zimmer, hatten mehrere Bettchen, genügend Spielzeug, einen kleinen Kratzbaum und immer volle Bäuchlein. Über einem der Kuschelbettchen hing eine Lampe, die mit ihrem roten Licht eine wohlige Wärme abgab. Ich liebte es, darunter zu schlafen. Drei Wochen lang ging es mir ganz gut.

Dann bekam ich Durchfall, den wir einfach nicht in den Griff bekamen. Der Tierarzt diagnostizierte FIV und Giardien.

Meine Pflegemami tat alles, was in ihrer Macht stand um mir zu helfen.

Auch ich wollte nicht aufgeben, mein Leben hatte doch gerade erst begonnen. Außerdem hatten mein Bruder und ich Menschen gefunden, die uns trotz der FIVDiagnose adoptieren wollten. Alles hätte so schön werden können.

Meine Ersatzmami wollte mich noch ein paar Wochen pflegen, bevor wir ins neue Zuhause umgezogen wären.

Doch dann bin ich in der Nacht einfach für immer eingeschlafen.

Als meine Pflegemami mich am Morgen gefunden hat, hat es ihr beinahe das Herz zerrissen.

Sie hat so um mich gekämpft, hat mir die Angst vor Menschen genommen und wollte mir auf dem Weg in ein sorgenfreies Leben helfen. Jetzt habe ich ein Grab in ihrem Garten.

Sie wird mich nie vergessen, ich werde für immer in ihrem Herzen sein.

Ich bin jetzt ein winzig kleines Engelchen.

Mein Leben dauerte nur wenige Wochen, genau so, wie das deines Brüderchens. Die Menschen sind die einzigen Lebewesen auf diesem Planeten, die diesem Katzenelend entgegensteuern könnten. Es gibt auf dieser Welt so viele Katzen, die kein richtiges Zuhause haben und ständig kommen neue Kätzchen nach. Würden die Menschen ihre Tiere kastrieren lassen, gäbe es nicht so viel unnötiges Leid.

Deine Mama und all die anderen weiblichen Katzen, bekommen jedes Jahr zwei- bis dreimal Nachwuchs, von denen viele aufgrund von Krankheiten elendig sterben müssen. Für die Muttertiere ist es eine körperlich sehr anstrengende Aufgabe, Kitten zu gebären und groß zu ziehen. Manche Katzen sterben qualvoll bei der Geburt ihrer Kinder, weil es Komplikationen gibt. Außerdem können sich die Katzen beim Geschlechtsakt mit gefährlichen Krankheiten infizieren, die über kurz oder lang zum Tode führen.

Kater, so wie du einer bist, laufen kilometerweit, auf der Suche nach einer willigen Katze. Auf ihren Wegen, begegnen sie oft anderen potenten Katern, mit denen sie dann in Streit geraten und oft heftige Kämpfe austragen. Auch hier ist die Gefahr der Ansteckung mit Krankheiten sehr groß. Viele Kater fallen dem Straßenverkehr zum Opfer, weil sie auf ihren Reisen oft gefährliche Straßen überqueren.

Durch eine Kastration können weibliche Katzen nicht mehr trächtig werden und Kater keine Babys mehr zeugen. Bei beiden Geschlechtern wird der Stresslevel reduziert, sie können dann das Leben genießen und werden nicht ständig von ihren Trieben gesteuert. Jetzt fragst du dich sicher, warum ich dir das alles erzähle.

Ich hatte das ganz große Glück, dass ich von lieben Menschen gefunden wurde und so meine menschliche Pflegemama kennenlernte. Ich wünsche dir von ganzem Herzen, dass auch du ein richtiges Zuhause findest, wo du geliebt und umsorgt wirst. Leider dauerte mein Leben nur sehr kurz, aber es war ein sehr schönes Gefühl, diese grenzenlose Liebe eines Menschen erfahren zu dürfen. Nicht alle Menschen sind schlecht, es gibt auch viele, die ein sehr großes Herz für uns Katzen haben, du musst sie nur finden und ihnen vertrauen.

Ich wünsche dir alles Gute für deine Zukunft, suche dein Glück und du wirst es finden. Dein Engelchen Joelina"

Bald darauf kündigte der Hahn mit seinem Krähen einen neuen Tag an. Wir hörten, wie die Kühe im Stall so langsam unruhig wurden, weil sie darauf warteten, gemolken zu werden, da ihnen die riesigen, mit Milch gefüllten Euter Schmerzen bereiteten. Als der Hofhund anfing zu bellen, wussten wir, dass der Bauer nun unterwegs in den Stall war.

Eng zusammengekauert lauschten wir den vertrauten Geräuschen und hingen unseren Gedanken nach. Draußen lief alles so wie jeden Morgen ab, und doch war für uns alles anders heute.

Wir hatten unseren Bruder und Mama ihr geliebtes Kind verloren, das musste erst mal verkraftet werden.

Die „Begegnung" mit der kleinen Joelina hatte mich sehr nachdenklich gemacht. Ich versuchte mir vorzustellen, wie es wäre, wenn mich die Hand eines Menschen streicheln würde. Nachdem ich so viel Schlechtes über die Menschen von meiner Mutter gehört hatte, wusste ich nicht so recht, was ich von all dem halten sollte.

War Joelina ein Traum gewesen, oder hatte sie mich letzte Nacht wirklich besucht? Irgendwie war sie so real gewesen, dass ich mir sicher war, dass dieses kleine Engelchen tatsächlich mit mir gesprochen hatte.

Es dauerte ein paar Tage, bis wir wieder genau so unbesorgt spielen konnten, wie vor dem Tod unseres Bruders.

Auch Mama ging es jetzt wieder etwas besser, sie tröstete sich damit, dass der Kleine jetzt keine Schmerzen mehr erleiden musste und nicht vor einer ungewissen Zukunft stand.

Mit jedem Tag merkte ich Fortschritte in meiner Entwicklung, mittlerweile gelang es mir, selbständig eine Fliege oder einen Falter zu fangen. Es fiel uns jetzt auch leicht, auf kleinere Hindernisse zu springen.

Mama erklärte uns, dass wir jetzt so groß waren, dass die Menschen uns ihr nun nicht mehr wegnehmen würden.

Bald war es dann auch so weit, dass wir den Heustock zum ersten Mal zusammen mit unserer Mutter verlassen durften. Die letzten Wochen hatten wir ja täglich geübt, was in einer Gefahrensituation zu tun war.

Um für den Feind größer zu wirken, hatten wir gelernt einen Katzenbuckel zu machen und den Schwanz aufzuplustern. Mit der Stellung der Ohren und der Schnurrhaare konnten wir unseren bösen Gesichtsausdruck unterstreichen. Selbst das Knurren, Fauchen und Spucken beherrschten meine Schwestern und ich perfekt.

Als der Zeitpunkt für den ersten Ausflug gekommen war, fühlten wir uns gewappnet. Mama erklärte uns noch einmal, wie wir uns den Menschen und anderen Feinden gegenüber verhalten sollten. Sie mahnte uns auch, immer in ihrer Nähe zu bleiben und nicht zu weit weg zu laufen.

Da Mama gesehen hatte, dass der Bauer mit dem Traktor davongefahren war, hielt sie diesen Nachmittag für einen günstigen Zeitpunkt.

Also machten wir uns gemeinsam auf den Weg nach draußen. Sobald wir den sicheren Heustock verlassen hatten, zitterten mir nun plötzlich doch die Beine. Schweigend schlichen wir hinter Mama her und schauten neugierig in die große, weite Welt. Der fremde Boden unter den Füssen war zwar nicht unangenehm, aber es fühlte sich so ganz anders an. Irgendwie war es hier viel schöner, als ich es mir vorgestellt hatte. Gleich auf den ersten Blick sah ich überall Möglichkeiten, meine Kletterkünste auszuprobieren. Da waren Bäume, Zäune, riesige Holzstapel und eine Mauer. Ein Stück weiter sah ich eine große, grüne Wiese und dahinter ein Getreidefeld. Endlich konnte ich den Stall sehen, in dem die Kühe standen, von denen Mama uns erzählt hatte.

Neben dem Stall befand sich das Wohnhaus der Menschen, von hier sollten wir uns fernhalten. Vor dem Haus stand die Hundehütte, an die der Hofhund gekettet war. Als ich ihn sah, musste ich schlucken. Er war im Gegensatz zu mir und meinen Schwestern sehr groß und schaute auch ziemlich grimmig. So böse wie er aussah, war er aber anscheinend gar nicht. Nachdem er uns gemustert hatte, legte er sich nieder und schloss die Augen. Auf mich machte er einen sehr traurigen Eindruck, was mich unter diesen Umständen auch nicht wunderte. Im Gegensatz zu uns konnte er nicht selbst bestimmen, wohin er gehen wollte.

Während ich ihn nachdenklich und voller Mitleid betrachtete, waren Mama und meine Schwestern schon weitergelaufen. Als ich den großen Abstand zwischen uns bemerkte, spurtete ich sofort los, um die drei einzuholen.

Als plötzlich ein riesiges Huhn meinen Weg kreuzte, bekam ich heftiges Herzklopfen. Sofort setzte ich alles ein, was meine Mutter mir beigebracht hatte. Ich machte einen mächtigen Katzenbuckel, sträubte mein gesamtes Fell, stellte mich quer vor das Huhn, legte die Ohren an und begann furchteinflößend zu fauchen.

Das Riesenhuhn schien sehr von mir beeindruckt zu sein, denn es trabte gackernd davon.

Mit Herzklopfen und weichen Knien sprintete ich zu meiner Mama. Diese lobte mich für meine schnelle Reaktion. Zwar seien die Hühner nicht unbedingt unsere Feinde, aber ich solle ruhig meine Kräfte demonstrieren.

Stolz, als ob ich einen entscheidenden Kampf gewonnen hatte, folgte ich nun wieder brav meiner Familie. Unsere Mutter führte uns hinter einen Holzschuppen. Hier kamen die Menschen anscheinend sehr selten hin und darum erlaubte Mama uns, hier zu spielen. Der Boden bestand aus lauter kleinen Kieselsteinen und Erde. Nur ein paar Meter weiter war die große Wiese mit dem Getreidefeld dahinter. Während unsere Mutter sich auf einen Holzstapel setzte, um uns besser im Blickfeld zu haben, näherten meine Schwestern und ich uns dem hohen Gras. Vorsichtig tasteten wir uns vor und hatten einen riesigen Spaß dabei. Ich konnte gar nicht fassen, was sich hier so alles bewegte. Da flogen massenhaft Schmetterlinge, Fliegen, Käfer und allerlei andere Insekten. Grashüpfer hopsten mir frech vor der Nase herum und weckten meinen Jagdinstinkt. Tausend verschiedene Gerüche schienen sich hier zu vereinen, so dass ich mit der Situation beinahe überfordert war, da ich mich nicht entscheiden konnte, wohin ich schauen und woran ich schnuppern sollte. Dazu kamen auch noch ganz viele neue Geräusche. Ich hörte die Grillen zirpen, die Vögel zwitschern, das Brummen der Insekten und noch vieles mehr.

Das war also die Welt außerhalb des Heustocks. Wir waren begeistert.

Nachdem wir uns etwas gefasst hatten, tobten meine Schwestern und ich durch das Gras, das höher war als wir selbst. Immer wieder hüpfte ich hoch, damit ich ungefähr sehen konnte, wo sich die anderen befanden. Wenn ich mich dann nahe genug an eine meiner Schwestern herangepirscht hatte, spitzte ich die Ohren, um sie im richtigen

Moment anzuspringen. Wir veranstalteten wilde Verfolgungsjagden, die wir immer wieder unterbrachen, weil irgendwas gerade so wichtig war, dass es genauestens untersucht werden musste.

Mutter saß auf ihrem Platz und lies uns keine Sekunde aus den Augen. Immer wieder mahnte sie uns, in der Nähe zu bleiben.

Ich wurde gerade von meiner Schwester gejagt, als etwas kleines grünes mein Interesse weckte. Meine Schwester rannte mich übermütig über den Haufen, weil ich so abrupt stehen geblieben war. Jetzt hatte ich es aus den Augen verloren und blaffte meine Schwester wütend an. Dann fand ich es wieder. Es bewegte sich nicht, und doch war ich mir sicher, dass es lebte. Vorsichtig hob ich meine rechte Vorderpfote. Ich wollte es anstupsen, traute mich aber irgendwie nicht. Also senkte ich die Pfote wieder, um es gleich darauf mit der linken Pfote zu versuchen. Als meine Schwester neben mir Position bezog um ebenfalls dieses grüne Tier zu untersuchen, fasste ich allen Mut zusammen und stupste es mutig an. Ich hatte ja alles Mögliche erwartet, aber nicht, dass dieses Tier sich überhaupt nicht bewegte. Jetzt war ich mutiger geworden und berührte es erneut mit meiner Pfote. So etwas langweiliges, dachte ich noch, als es plötzlich einen riesigen Satz machte und über mich und meine Schwester hinweg sprang. Nach einer kurzen Schrecksekunde war mein Jagdtrieb geweckt und ich drehte mich zu diesem frechen, kleinen Weitspringer um. Da saß es, klein, grün und mit großen auf mich gerichteten Augen. Erneut hob ich meine Pfote an, um das Tier vorsichtig zu berühren. Wieder sprang es mit ausgestreckten Hinterbeinen an mir vorbei.

Dieses Mal war ich drauf vorbereitet und erwischte es in der Luft, so dass es unsanft im Gras landete. Ich stürzte mich mit beiden Vorderpfoten auf mein Opfer und biss hinein. Das hätte ich besser nicht machen sollen, denn es hatte einen seltsamen Geschmack. Angewidert, aber stolz trug ich meine Beute raus aus der Wiese um sie meiner Mutter zu zeigen. Vorsichtig legte ich es auf dem Boden ab und freute mich über das Lob meiner Mutter. Ich hatte soeben meinen ersten Grasfrosch erlegt und fühlte mich großartig!

Am Abend schliefen wir total erschöpft, aber überglücklich ein.

Ab jetzt machten wir diese Ausflüge täglich. Ich lernte andere Katzen kennen, die hier auf dem Hof lebten. Ich sah zum ersten mal die Kühe, die ich sonst immer nur gehört hatte und ich lernte, ganz entspannt zwischen den mächtigen Hühnern hindurch zu laufen. Ich wusste nun, wie die Menschen hier aussahen was ein Traktor war und sah den riesigen Milchtanker, der zweimal täglich hier ankam um die Milch abzuholen.

Schon bald waren wir alt genug, um alleine auf Entdeckungstour zu gehen. Mama hatte uns gut auf das Leben hier und seine Gefahren vorbereitet, so dass ich mich freute, endlich selbständig meine Wege zu gehen.

Auf einer dieser Entdeckungstouren, spazierte ich zum ersten Mal in den Kuhstall. Was ich hier sah, ließ mich erstarren. Hier standen hunderte Kühe, angebunden und ohne jede Bewegungsfreiheit. Mit gesenktem Kopf standen sie da und kauten. Ihre schönen, großen Augen machten einen traurigen Eindruck und ich hatte das Gefühl, es würde mir das Herz zerreißen.

Wahllos ging ich auf eine der Kühe zu und begrüßte sie freundlich. Ich sagte ihr, dass ich heute das erste Mal hier im Stall war und mich der Anblick der vielen traurigen Kühe sehr

nachdenklich mache. Die Kuh hob ihren Kopf und schaute mich mit ihren wunderschönen großen, traurigen Augen an, dann begann sie zu erzählen.

Eine Milchkuh erzählt:

„Nie werde ich den Moment vergessen, als man mich von meiner Mutter trennte. Ich war gerade ein paar Stunden alt, als ich gewaltsam in eine Schubkarre gelegt und in ein Kälberiglu verfrachtet wurde. Noch heute höre ich die verzweifelten Schreie meiner Mutter – einer Mutter, der man das Wichtigste in ihrem Leben nimmt - ihr Kind. In dieser Kälberbox angekommen, knipste man mir in jedes Ohr eine Ohrmarke. Diese dienen zur Identifizierung. Jedes neugeborene Kalb erhält eine Nummer und wird registriert. Weißt du, wir sind hier keine Lebewesen, wir sind Nummern. Als ich diese schreckliche Prozedur überstanden hatte, sah ich die anderen traurigen Kälbchen, jedes hatte seine eigene Box, gerade mal so groß, dass man sich darin drehen konnte. Noch immer hörte ich meine Mama laut nach mir rufen. Wie gerne wäre ich zu ihr gelaufen und hätte mich ganz eng an sie gekuschelt. Leider war es mir nicht möglich, diese Box zu verlassen. So stand ich also, umgeben von anderen traurigen Kälbchen da und verstand die Welt nicht mehr. Mein Leben hatte gerade erst begonnen und schon jetzt fühlte ich mich hilflos, traurig und alleingelassen.

Die Schreie meiner Mutter brachen mir das Herz und ich weinte stumm in mich hinein. Meine Nahrung bekam ich aus einem Eimer, an dem ein Gumminuckel befestigt war. Ein einziges Mal hatte ich an dem Euter meiner Mutter trinken dürfen, bevor sie mich von ihr getrennt hatten. Dieser Eimer hatte so gar nichts gemein mit meiner Mutter. Das Gummiding fühlte sich kalt und unecht an, ganz anders als die Zitzen meiner Mama. Auch die Milch war nicht die meiner Mutter, sie schmeckte künstlich. Aber ich hatte keine Wahl, wenn ich Hunger hatte, musste ich das Zeug aus diesem Eimer trinken. Es dauerte Tage, bis die Rufe meiner Mutter seltener wurden und schließlich ganz verstummten.

Beinahe täglich kamen neue Kälbchen dazu. Jeden Tag hörte man Mamas verzweifelt nach ihren Kindern rufen und jeden Tag sah man neugeborene Kälbchen nach ihrer Mutter weinen. Die männlichen Kälber wurden immer mal wieder abgeholt, sie sind hier in der Milchproduktion nur ein Abfallprodukt.

Wohin die jungen Bullen gebracht werden, darüber kann man nur spekulieren.

Vermutlich landen sie als Kalbfleisch in den Theken der Metzgereien.

Nach etwa zehn Tagen bekam ich eine Beruhigungsspritze, damit ich nicht so zappelig beim Ausbrennen meiner Hornanlagen war. Die Schmerzen durch das Ausbrennen waren beinahe unerträglich, noch Tage danach spürte ich den dumpfen Schmerz an meinem Kopf.

So vergingen meine ersten Lebenswochen, in denen ich tagein, tagaus traurig und teilnahmslos in meiner Box stand und darauf wartete, dass sich mein Leben vielleicht irgendwann mal zum positiven wenden würde.

Täglich sah ich den Milchtankwagen auf den Hof fahren, der die Milch unserer Mütter mitnahm, während wir weiterhin dieses künstliche Milchpulver zu trinken bekamen. Von den Menschen wurden wir wie Gegenstände und nicht wie Lebewesen behandelt. Manchmal kamen Kinder vorbei, die uns liebevoll am Kopf kraulten. Diese kleinen Menschen sind noch nicht so schlecht wie die großen, aber in dieser Gesellschaft werden sie irgendwann genau so.

Nach einigen Monaten durfte ich mit den anderen weiblichen Kälbern auf eine große, grüne, wunderschöne Weide. Zum ersten Mal in meinem Leben verspürte ich Freude. Es war ein traumhaftes Gefühl, mich bewegen und frisches Gras fressen zu können. Endlich konnte ich zu den anderen Kälbern Körperkontakt aufnehmen und mit ihnen spielen und toben.

Jetzt hatte mein Leben begonnen, ich war überglücklich und konnte mein Glück kaum fassen.

Ein Glück, das leider viel zu schnell vorbeigehen sollte. Der Sommer neigte sich dem

Ende zu, es wurde kälter und eines Tages wurden wir in den Stall getrieben. In einer Bucht wurde ich am Hals fixiert, so dass ich mich weder nach vorne, noch nach hinten bewegen konnte. Der Boden war aus hartem, kaltem Beton. Die Realität hatte mich also wieder.

Ich bin als Milchkuh geboren und als solche werde ich auch meine Arbeit hier verrichten müssen.

Ich war noch keine zwei Jahre alt, als ich das erste Mal künstlich befruchtet wurde. Denn wie alle anderen Säugetiere auch, geben wir Kühe nur Milch, wenn wir ein Kind geboren haben. Würde man durch das Melken nicht die Milchproduktion ständig anregen, würde die Milch, so wie bei jedem Säugetier irgendwann versiegen. Nach neun Monaten gebar ich mein kleines Mädchen, das ich nach einer anstrengenden Geburt liebevoll trocken leckte.

Diesen kurzen Moment des Glückes versuchte ich ganz tief in mich einzusaugen, weil ich wusste, was nun gleich geschehen würde. So sehr ich mein Baby liebte, so sehr wünschte ich, sie hätte nie das Licht dieser Welt erblicken müssen.

Als sie kamen um mir mein Kind zu nehmen, stellte ich mich schützend vor mein Kalb und versuchte verzweifelt, die Menschen von meinem kleinen Mädchen fern zu halten. Aber so, wie auch schon meine Mutter und all die anderen Mütter hier, hatte auch ich keine Chance gegen die Menschen.

Ich weinte viele Tage und Nächte. Von draußen hörte ich mein Baby nach mir rufen. Wie gerne hätte ich sie liebevoll umsorgt und ihr Geborgenheit geschenkt, schließlich wusste ich nur zu genau, wie einsam sie sich da draußen fühlte und was noch alles auf sie zukommen würde.

Ab diesem Moment war auch ich eine auf Hochleistung getrimmte Milchkuh.

Schon kurz nach der Geburt meines Kalbes, wurde ich erneut künstlich befruchtet. Anstatt der etwa 8 Liter Milch, die unsere Kälbchen pro Tag trinken würden, zapft man uns bis zu 50 Liter am Tag ab. Gemolken werden wir beinahe die ganze Schwangerschaft über. Was das für unseren Körper bedeutet, kannst du dir sicherlich vorstellen. Zwei Monate vor der Geburt des Kalbes gönnt man uns dann eine Melkpause. Sobald unser

Baby geboren ist, geht alles wieder von vorne los. Die anstrengende Geburt, die

Trennung von unserem Kind und dann wieder Hochleistung bringen, erneute Besamung, Schwangerschaft…

Viele von uns leiden an entzündeten Eutern, haben offene Wunden, Klauenrehe, Abszesse oder Gelenkentzündungen. Antibiotikagaben sind hier an der Tagesordnung.

Vermutlich werde ich noch zwei Kälbchen gebären, bevor ich mit vier bis fünf Jahren so kaputt bin, dass ich die Leistung nicht mehr bringen kann und hier nicht mehr gebraucht werde.

Obwohl ich eine Lebenserwartung von 20 Jahren habe, werde ich dank dieser Ausbeutung etwa nur ein viertel dieses Alters erreichen.

Mein Leben besteht darin, Milch für Menschen zu produzieren, die eigentlich für meine Kinder gedacht wäre. Außerdem muss ich Kälbchen zur Welt bringen, die ich eigentlich in diese furchtbare Welt gar nicht setzen möchte.

In den Augen der Menschen hier sind wir keine Lebewesen, wir sind Maschinen, die funktionieren müssen."

Ich war geschockt.

Auch wir Katzen, hatten hier auf dem Hof keinen großen Stellenwert, aber was mir die Kuh erzählte, machte mich zutiefst traurig.

Ich verließ den Stall und machte mich auf zu den Kälberiglus, schließlich wollte ich mir das mal genauer ansehen.

Und tatsächlich, hier standen diese Boxen dicht an dicht.

Die Kälbchen darin machten einen sehr unglücklichen Eindruck. Manche weinten herzzerreißend nach ihrer Mutter, während andere sich mit der furchtbaren Situation abgefunden zu haben schienen und teilnahmslos, mit leeren Augen ins Nichts starrten.

Diese Boxen waren so klein, dass laufen, geschweige denn springen, darin unmöglich war. Diese Tiere waren jung, hatten einen Spieldrang, wollten sich bewegen und an ihre Mama kuscheln. Warum um alles in der Welt wurden sie von den Menschen so eingepfercht?

Ich war fassungslos und wütend. Die Menschen schienen noch schlimmer zu sein, als meine Mama sie jemals hätte beschreiben können.

Als ich draußen dem Bauer begegnete, wäre ich ihm am liebsten ins Gesicht gesprungen, so eine Wut hatte ich auf ihn.

Am Abend erzählte ich meiner Familie von der Unterhaltung mit der Milchkuh, sie alle waren sehr berührt und geschockt.

In der darauffolgenden Nacht machte ich mir viele Gedanken.

Ich saß auf einer Mauer, die einen Teil des Grundstückes umgab, schaute in den Sternenhimmel und lauschte den nächtlichen Geräuschen.

Bis auf die Kühe, die zwischendurch nach ihren Kälbern riefen, war es eine ziemlich ruhige Nacht. Irgendwo in der Ferne stritten sich zwei Marder und immer mal wieder hörte ich die Kette des Hofhundes über den Boden rasseln.

Meine Gedanken überschlugen sich, immer wieder musste ich an die Worte der armen Kuh denken.

Da der große, schwarze Hund anscheinend keine Lust zu schlafen hatte, gesellte ich mich kurzerhand zu ihm.

Man konnte ihm ansehen, dass er seine besten Jahre schon hinter sich hatte. Sein Fell wirkte struppig und in seinen Augen konnte man eine große Traurigkeit erkennen. Die Kette, die er um den Hals trug, hatte sich in sein Fleisch eingeschnitten und rings herum kahle, verkrustete Stellen hinterlassen.

Auch wenn er mich, als ich ihn das erste Mal sah, sehr erschreckt hatte, so konnte ich jetzt von der Nähe erkennen, dass er alles andere als bösartig war.

Sein angsteinflößendes Gebell hatte so gar nichts damit zu tun, was ich hier vor mir sah. Dieser große, traurige Hund war so, wie die Kühe nebenan im Stall, ebenso ein Opfer der Menschen hier.

Als der Hund mich erblickte, schaute er mich freundlich an.

„Warum bist du hier angebunden, was macht das für einen Sinn?" fragte ich ihn. Er atmete tief ein und setzte sich mühsam auf. Dann begann er zu erzählen.

Der Hofhund

„Die Menschen hier halten mich als Wachhund.

Das heißt, dass ich auf den Hof hier aufpassen und Eindringlinge melden muss. Wenn jemand das Grundstück betritt, belle ich und mache die Menschen auf den Besuch aufmerksam.

Wenn mir jemand unsympathisch ist, kann ich auch richtig böse werden, dann zeige ich schon mal Zähne und knurre.

Außerdem pass ich auf, dass sich der Fuchs nicht in den Hühnerstall schleicht. Wenn ich ihn sehe, dann verbelle ich ihn und mache ihm Angst.

Leider weiß ich manchmal nicht so genau, wann ich bellen darf und wann nicht. Oft schreien sie mich dann an und werfen was nach mir.

Jetzt bin ich schon so alt, und habe das Prinzip immer noch nicht so ganz verstanden. Viele Jahre habe ich versucht, es meinen Menschen recht zu machen. Jetzt bin ich beinahe zwölf Jahre alt und habe mich so langsam damit abgefunden, dass ich mich verbiegen kann, wie ich will, sie werden nie mit mir zufrieden sein.

Seit ich acht Wochen alt bin, habe ich nichts anderes gesehen, als das, was ich jetzt sehe. Eine Hauswand, eine alte, runtergekommene Hundehütte, den Kuhstall, die Hofeinfahrt, ein Stück Feld und Wiese und in weiter Ferne einen Wald.

Das einzige, was sich verändert, sind die Tiere hier und die Jahreszeiten.

Es hat sehr lange gedauert, bis ich mich an das Leben hier gewöhnt habe. Oft passierte es, dass ich übermütig einfach drauf losrannte, weil ich irgendetwas sah, womit ich spielen

wollte. Dann wurde ich von der Kette abrupt ausgebremst, was ein sehr unangenehmes Gefühl ist, weil die harte Kette am Hals ruckartig zugezogen wird.

Ich habe um Aufmerksamkeit gebettelt, habe geweint, es hat niemanden interessiert. Ich habe mich irgendwann damit abgefunden, dass ich hier nur eines von vielen Tieren bin, das Leistung bringen muss aber keine Gegenleistung erwarten darf. Naja, eine Gegenleistung gibt es ja, ich bekomme regelmäßig was zu Fressen. Es ist nicht immer super lecker, aber ich bin dankbar dafür.

Manchmal sehe ich Menschen mit ihren Hunden hier am Hof vorbeilaufen. Viele sind noch nicht mal angebunden und laufen trotzdem brav neben ihrem Menschen her. Andere rennen und toben über die Felder, spielen mit ihren Menschen und scheinen absolut glücklich zu sein. Dann frage ich mich, was ich falsch mache, dass meine Menschen mich gar nicht wahrnehmen und nie ein liebes Wort für mich übrig haben.

An meinem Verhalten kann es doch nicht liegen, ich bin immer lieb, habe noch nie jemanden gebissen, weder Mensch noch Tier.

Entweder liegt es daran, dass sie mit meiner Arbeit nicht zufrieden sind, oder ich bin vielleicht zu hässlich.

Oder diese Menschen hier sind einfach so. Vermutlich hatte ich einfach Pech, dass ich hier gelandet bin. Mit den anderen Tieren gehen sie ja eigentlich auch nicht besser um. Ich habe schon oft mitbekommen, dass man den Katzen ihre Babys weggenommen und getötet hat. Eigentlich musst du froh sein, dass sie dich nicht erwischt haben. Das Beste, was du tun kannst, ist es diesen Hof zu verlassen.

Du hast die Wahl, ich leider nicht.

Mach dich auf die Suche, nach Menschen, die dich respektieren und liebhaben. Hier hast du keine Zukunft. Schon alleine deshalb, weil hier zu viele konkurrierende Kater leben. Diese ständigen Streitereien zermürben dich nur und verkürzen dein Leben. Geh deinen Weg, deine Zukunft liegt in deinen Händen!"

Mit diesen Worten drehte er sich um und verschwand in seiner Hundehütte.

Ich ging nachdenklich davon.

Der arme Kerl tat mir furchtbar leid, er war so liebenswürdig und hatte so ein trauriges Leben einfach nicht verdient.

Ich ging zurück auf die Mauer und hing erneut meinen Gedanken nach. Vielleicht hatte der große Hund ja Recht und ich sollte diesen Hof wirklich verlassen und mir einen anderen Platz suchen. Auch die Worte des kleinen Engelchens Joelina kamen mir wieder in den Kopf. Auch sie hatte von einem anderen Zuhause gesprochen, von einem Zuhause, in dem man mich lieben würde. Noch hielt ich mich nicht für reif genug, aber bis in ein paar Wochen müsste ich dazu in der Lage sein, mich alleine durchschlagen zu können. Dann würde ich mich auf die große Reise begeben und nach lieben Menschen suchen. Meine Mama hatte mittlerweile schon wieder vier Welpen geboren, von denen zwei gleich nach der Geburt verstarben.

Auch die beiden überlebenden, machten keinen gesunden Eindruck.

Mama war sehr dünn geworden, was sicher daran lag, dass sie ständig dem Stress des Gebärens und der Aufzucht ihrer Jungen ausgesetzt war.

Es war Herbst geworden.

Die Tage waren nun kürzer, die Nächte länger.

Es bereitete mir große Freude, die von den Bäumen fallenden Blätter zu fangen. Manchmal gesellte sich eine meiner Schwestern dazu und wir spielten gemeinsam im Laub.

Als wir unter einem großen Baum Kastanien entdeckten, jagten wir diese über den ganzen Hof und konnten gar nicht genug davon bekommen.

Auch junge Katzen aus anderen Familien schlossen sich oft an und gemeinsam hatten wir einen riesigen Spaß.

So auch, als die ersten Schneeflocken fielen.

Es war einfach zu lustig, diese kleinen, kalten Kristalle zu fangen und wenn man sie dann hatte, waren sie auch schon wieder weg.

Ich war fasziniert, was die Natur so alles zu bieten hatte und neugierig, was für Überraschungen das Leben für mich noch so parat hielt.

Wenn es draußen sehr kalt war, suchte ich meist Unterschlupf in der Scheune oder hielt mich bei den Kühen auf.

Die Menschen feierten Weihnachten, hängten Lichterketten und Sterne in die Fenster und schmückten die Haustür mit einem Kranz aus Tannenzweigen und bunten Kugeln. Manchmal, wenn die Menschen in ihrem Haus waren, setzte ich mich an eines der Fenster und beobachtete, was sich da drinnen so alles abspielte.

Am besten gefiel mir das Wohnzimmer. Hier stand ein gemütliches Sofa und im Kachelofen brannte ein warmes Feuer. Ich konnte mir vorstellen, wie gemütlich es sein musste, eingerollt auf diesem Sofa in der warmen Stube zu schlafen. In der Küche war die Bäuerin oft am Werkeln.

An den Sonntagen stand sie meist den ganzen Vormittag in der Küche, zur Mittagszeit kamen dann oft die Kinder mit ihren Familien zum Essen.

Die Enkelkinder waren noch sehr klein und manchmal wurden sie mit in den Stall genommen um sich die Kühe anzuschauen.

Liebevoll streichelten ihre kleinen Hände dann über die Nasen der Kühe, die jede noch so kleine Berührung genossen. Neugierig streckten sie ihre lange Zunge heraus um die winzigen Fingerchen abzulecken. Dann ertönte ein herzhaftes Lachen, die Hand wurde weggezogen, um dann erneut über die mächtige Nase des Rindes zu streicheln. Ich war fasziniert davon, wie zärtlich diese kleinen Menschen waren und konnte mir nicht vorstellen, dass auch sie eventuell mal so werden könnten, wie ihre Großeltern. Für diese Kinder waren wir Tiere noch etwas Besonderes. Sie freuten sich, wenn sie eine Kuh anfassen durften, strahlten, wenn sie eine Katze sahen und lachten herzhaft, wenn ihnen ein Huhn begegnete.

Diese kleinen Menschen waren so unbedarft und fröhlich, dass mir ganz warm uns Herz wurde.

Mir wurde bewusst, dass Menschen nicht herzlos zur Welt kamen, aber im Laufe ihres Lebens wohl abstumpften.

Der Hofhund wartete immer vergebens auf Streicheleinheiten, zu ihm durften die Kinder nicht. Die großen Menschen hatten Angst, er würde die Kleinen beißen, obwohl er ein paar liebevolle Berührungen so dringend gebraucht hätte.

Ich beobachtete das Ganze immer nur aus der Ferne, anfassen durfte mich niemand, dazu hatte ich zu viel Respekt vor den Menschen, sogar vor den kleinen.

So ging auch der Winter vorbei, es wurde wieder wärmer und an den Bäumen deuteten die ersten Knospen das Frühjahr an. Die Wiesen zeigten ein saftiges Grün und überall begannen bunte Blumen zu sprießen.

Ich genoss stundenlang die ersten Sonnenstrahlen auf meinem Lieblingsplatz, der Mauer.

Hier lauschte ich dem Vogelgezwitscher und all den anderen vertrauten Geräuschen. Jetzt gab es wieder mehr Abwechslung auf meinem Speiseplan, endlich waren wieder die unterschiedlichsten Insekten unterwegs.

Eines Nachts, als ich wieder einmal auf meiner Mauer saß, kam ich zu dem Entschluss, dass jetzt der Zeitpunkt gekommen war, um mein Leben selbst in die Hand zu nehmen. Ich hatte plötzlich einen seltsamen Drang, auf Wanderschaft zu gehen um Katzendamen kennen zu lernen. Das war es also, wovon Joelina gesprochen hatte, meine Hormone spielten verrückt, ich war nicht mehr Herr meiner Sinne.

Gleich am Morgen, ging ich zu meiner Mutter und erzählte ihr von meinem Entschluss. Sie war nicht überrascht, hatte sogar damit gerechnet, dass ich den Hof irgendwann verlassen würde.

Auch wenn ich ihr anmerkte, dass es nicht ganz einfach für sie war, wünschte sie mir alles Gute für mein weiteres Leben. Sie befürwortete meinen Entschluss, schließlich sollte ich ein besseres Leben haben als sie.

Bevor ich den Hof verließ, verabschiedete ich mich von allen, die mir mittlerweile ans Herz gewachsen waren.

Alle fanden die Idee, den Hof zu verlassen gut und gaben mir wertvolle Tipps mit auf den Weg.

Als ich mich von dem Hofhund verabschiedete, hatte ich das Gefühl, als bekäme er einen feuchten Glanz in den Augen. Außer mir hatte er kaum jemanden, der Zeit mit ihm verbrachte. Viele Nächte hatte ich bei ihm gesessen und mich mit ihm über seine und meine Träume unterhalten. Jetzt ließ ich ihn alleine und fühlte mich irgendwie schlecht dabei.

Als er mein Zögern bemerkte, stupste er mich mit seiner Nase an und sagte ich solle mir keinen Kopf wegen ihm machen. Er sei sowieso nicht mehr der Jüngste und ich hätte noch mein ganzes Leben vor mir. Ich solle das Beste draus machen und mir ein anständiges Zuhause suchen.

Noch ein letztes Mal drückte ich meinen Kopf gegen seinen und leckte ihm mit meiner rauen Zunge über die Schnauze, dann drehte ich mich um. Jetzt musste ich schnell gehen, sonst würde ich es mir doch noch anders überlegen.

Eilig rannte ich in Richtung Hofausfahrt um dann nach links auf die Straße abzubiegen. Da ich wusste, wie gefährlich Straßen waren, ging ich einige Meter daneben auf der Wiese. Man hatte mir erzählt, dass diese Straße ins Dorf führen würde.

Dieses Dorf war mein Ziel. Ein stattlicher roter Kater, der immer mal wieder auf den Hof zu Besuch kam, hatte mir erzählt, dass es da hübsche Katzendamen gab. Außerdem sollten da auch tierliebe Menschen wohnen, bei denen ich vielleicht mein großes Glück finden würde.

Noch ein letztes Mal drehte ich mich wehmütig um. Ich war schon ein ganzes Stück gelaufen und auf diese Entfernung machte der Hof einen wunderschönen, idyllischen Eindruck.

Von hier aus würde niemand ahnen, wie viel Leid es dort gab. Zielstrebig und mit erhobenem Schwanz setzte ich meinen Weg in eine ungewisse Zukunft fort.

Nach einigen Kilometern, konnte ich Häuser in der Ferne erblicken.

Mir wurde etwas mulmig und ich entschied mich, mir erst mal etwas Essbares zu besorgen. Da ich mich zu einem sehr guten Jäger entwickelt hatte, dauerte es auch gar nicht lange, bis ich eine Maus gefangen und verspeist hatte. Dann lief ich weiter in Richtung Dorf.

Mein Weg führte mich vorbei an einem kleinen Bach, an Getreidefeldern und einem großen Wald. Hier lief ich entlang des Waldrandes immer weiter geradeaus bis ich auf einer großen Wiese stand.

Jetzt trennte mich nur noch eine viel befahrene Straße von meinem Ziel, dem Dorf.

Ich atmete tief ein und versuchte, die ganzen Eindrücke zu verarbeiten.

Hier sah es so ganz anders aus, als in meinem alten Zuhause. Unzählige Autos fuhren an mir vorbei und direkt hinter der Straße standen die Häuser dicht an dicht. Ich hörte Kirchenglocken läuten und ganz leise drangen menschliche Stimmen in mein Ohr. So, jetzt gab es kein Zurück mehr. Ich nahm all meinen Mut zusammen und näherte mich der gefährlichen Straße. Als ich anhielt, um einen passenden Moment abzuwarten sah ich etwas am Rand der Straße liegen. Ich ging ein Stück näher und sah den toten Körper einer Katze.

Bei genauerem Hinschauen, erkannte ich eine Streunerin, die erst kürzlich unseren Hof besucht hatte. Auch sie war vor einigen Jahren dort zur Welt gekommen und hatte sich schon bald auf die Suche nach einem besseren Leben gemacht.

Dass sie das bisher nicht gefunden hatte, wusste ich aus ihren Erzählungen.

Nur eine von ganz vielen

Ihr einst schönes graues Fell klebte feucht an ihrem Körper.

Die zierliche Katze lag unbeachtet am Straßenrand. Unzählige Autos fuhren vorbei, die meisten drehten bei ihrem Anblick angewidert den Kopf zur Seite. Niemand fühlte sich für dieses Tier verantwortlich.

Obwohl kein Blut zu sehen war, wollte keiner hinschauen.

So, wie auch keiner hingeschaut hatte, als die zierliche, graue Katze heimatlos durch die Straßen gezogen war.

So, wie es auch niemanden interessiert hatte, dass die zierliche, graue Katze irgendwo immer wieder

Kitten großgezogen hatte. Kitten, die oft schon kurz nach ihrer Geburt verstarben oder heute ebenso wie ihre Mutter heimatlos durch die Straßen zogen. Vermutlich hatte es nie jemanden interessiert, wovon sich diese zierliche, graue Katze ernährte oder wo sie bei Kälte und Nässe Unterschlupf fand.

Nie hatte diese zierliche, graue Katze erfahren, was es hieß geliebt und umsorgt zu werden.

Und auch jetzt, wo ihr regloser Körper am Straßenrand lag, gab es niemanden, der auch nur eine einzige Träne um sie weinte.

Ihr Anblick machte mich sehr traurig.

So wollte ich nicht enden, ich wollte das große Glück finden und geliebt werden.

In einem Moment, als kein Auto auf der Straße zu sehen war, überquerte ich diese ganz schnell.

Jetzt hatte ich es also geschafft, ich war im Dorf angekommen.

Neugierig schaute ich mich um. Um Schutz zu suchen, kroch ich durch eine Hecke hindurch in einen Garten. Hier fühlte ich mich erst mal sicherer.

Von hier aus gelangte ich in angrenzende Gärten, die ich nach und nach in Augenschein nahm.

Überall sah es sehr gepflegt aus. Der Rasen war in den meisten Gärten kurz gehalten, in den Beeten wuchsen wunderschöne, bunte Blumen. In manchen

Gärten standen lustige Gartenzwerge oder andere dekorative Figuren. Gemütliche Sitzecken, mit dicken, kuscheligen Polstern luden zum Verweilen ein. Ich versuchte mir die gemütlichsten Gärten für später zu merken.

In einem Garten erregte ein kleiner Stall meine Aufmerksamkeit. Neugierig näherte ich mich diesem, um zu schauen, wer oder was sich darin befand.

Noch bevor ich den Holzstall erreicht hatte stach mir ein brennender Uringeruch in die Nase. In dem Stall entdeckte ich ein Kaninchen, das zusammengekauert in der hintersten Ecke saß. Mich überkam ein Schaudern, hatte ich doch gehofft, dass es die Tiere hier doch besser hätten als auf dem Hof.

Als das Kaninchen mich erblickte, kam es nach vorne ans Gitter und schaute mich neugierig mit großen, schwarzen Kulleraugen an. Ich stellte mich als der Kater vom Hof vor und erzählte ihm, warum ich hier war und was für Erwartungen ich an meine Reise hatte.

Das Kaninchen schaute mich traurig an und begann dann zu erzählen.

Vergessen

"Ich bin Hoppel, das Kaninchen, das niemand mehr lieb hat!

Als ich vor drei Jahren in diese Familie kam, konnte ich mich vor Streicheleinheiten kaum retten. Ich durfte im Sommer in einem Freigehege herumhoppeln und wurde sogar öfter in die Wohnung geholt. Ich bekam jeden Tag frisches Futter und sauberes Wasser. Außerdem wurde mein Stall regelmäßig gesäubert. Dass ich in meinem Stall alleine leben

muss, fand ich noch nie so toll. In der Zoohandlung habe ich mit ganz vielen anderen Kaninchen zusammengelebt, da war immer was los.

Eines Tages kam dann die Familie mit ihrem Sohn Tim, der ausgerechnet mich haben

wollte. Ich hatte riesige Angst auf dem Weg in mein neues Zuhause. Aber Tim war so lieb zu mir, dass ich mich bald eingelebt hatte.

Tim ist jetzt zwölf Jahre alt und findet mich langweilig. Er hätte jetzt lieber einen Hund. So sitze ich also schon seit einer Ewigkeit ganz alleine in meinem dreckigen Stall. Wenn ich Glück habe, geht einmal am Tag das Türchen auf und jemand schmeißt mir eine handvoll Futter rein. Blödes Trockenfutter, wo mir doch Grünzeug viel lieber ist.

Manchmal bekomme ich eine Karotte oder etwas Löwenzahn, da freue ich mich riesig.

Mein Wasser ist oft ungenießbar, weil es manchmal tagelang nicht ausgewechselt wird.

Ich versinke in meinem eigenen Dreck…

Im Winter friere ich furchtbar, weil sich keiner mehr die Mühe macht, meinen Käfig in den Keller zu tragen, so wie es früher war. Außerdem habe ich dann oft großen Durst, aber meine Trinkflasche ist zugefroren und meine Menschen sehen das nicht. Wenn es regnet, setze ich mich in die hinterste Ecke meines Stalles, weil es niemanden interessiert, dass es bei mir rein regnet. Dann hocke ich in meiner nassen Einstreu und fühle mich furchtbar unwohl. Ich habe Durchfall, mein Hintern ist mit Kot verklebt. Meine Menschen finden das eklig, ich auch! Ich habe Bauchschmerzen und ein Tierarzt könnte mir sicherlich helfen, aber der kostet Geld und ich bin doch nur ein Kaninchen... Im Sommer schaue ich nach draußen und sehe einen schönen Garten mit saftigem Gras. Immer wieder beneide ich die Katzen, die durch den Garten schleichen und nicht in einem kleinen Gefängnis sitzen müssen. Dann stelle ich mir vor, wie ich über die Wiese hoppel und richtige Haken schlage. Ich wünsche mir manchmal einfach nur, dass ich mich so richtig austoben kann. In meinem dreckigen Stall kann ich mich ja kaum bewegen... Leider kann ich meinen Menschen nicht verständlich machen, wie traurig ich bin. Sie verstehen meine Sprachen nicht und sehen auch nicht meine Tränen... Was habe ich getan, dass ich so behandelt werde? Ich war doch immer lieb, habe immer alles über mich ergehen lassen, nie gekratzt oder gebissen! Warum bringen sie mich dann nicht wenigstens in ein Tierheim, vielleicht würde ich ja noch eine nettere Familie finden? Ich weiß nicht, wie lange ich dieses „Dasein" noch aushalte. Wenn ich glücklich und gesund wäre, könnte ich noch viele Jahre leben...

Ich hoffe auf ein Leben nach dem Tod, ein Leben ohne Menschen, die mich in einen Käfig sperren, ein Leben mit riesigen Wiesen und vielen Artgenossen. Mit frischem Grünfutter und sauberem Trinkwasser.

 Und so leide ich also leise weiter, weil die Menschen meine Sprache nicht verstehen und meine Tränen nicht sehen....."

Ich war entsetzt, so etwas hatte ich hier nicht erwartet. Wo waren denn die Menschen, die sich liebevoll um ihre Tiere kümmerten?

War es normal, dass man sich ein Tier zulegte, um es ein bisschen lieb zu haben, damit man es dann irgendwann wegsperren und vergessen konnte? Nein, damit hatte ich nicht gerechnet.

Dieses arme, kranke Tier saß in seinem eigenen Dreck, hatte keinerlei

Bewegungsfreiheit, keinen Sozialpartner und es interessierte niemanden. Wie abscheulich konnten Menschen nur sein.

Wir unterhielten uns noch eine Weile und ich versprach Hoppel, dass ich von nun an öfter bei ihm vorbeischauen würde.

Er tat mir unsagbar leid und ich wollte ihn mit meiner

Anwesenheit ein bisschen auf andere Gedanken bringen und seinen Alltag mit meinen Besuchen etwas bereichern, so wie ich es bei dem Hofhund auch getan hatte. Traurig und nachdenklich verließ ich Hoppel.

Von dem langen Fußmarsch war ich müde geworden, daher suchte ich mir ein Plätzchen, an dem ich mich etwas ausruhen konnte.

Ich fand eine Gartenhütte, vor der eine bunt gestrichene Holzbank stand. Auf dieser Bank lag eine geblümte, dicke, weiche Auflage, die so gemütlich aussah, dass ich mich entschied, dort erst mal ein Nickerchen zu machen. Nachdem ich die Lage gecheckt hatte, sprang ich hoch und machte es mir bequem.

Obwohl ich die Augen geschlossen hatte, blieben meine Ohren wach. So bekam ich alles um mich herum mit, konnte mich aber dennoch ausruhen.

Als ich mich wieder fit fühlte, löschte ich meinen Durst an einem kleinen Gartenteich.

Goldfische schwammen frech zu mir her, um gleich drauf wieder tiefer abzutauchen.

Jetzt war mein Spieltrieb geweckt und ich plantschte mit meiner Pfote im kalten Wasser. Natürlich hatte ich keine Chance einen der Fische zu erwischen, sie waren viel zu schnell und das kalte Wasser ließ mich jedes Mal zurückschrecken.

Nach ein paar Minuten hatte ich genug von diesem Spiel und setzte meinen Weg fort.

Hier und da begegnete ich Menschen, um die ich aber einen großen Bogen machte. So wie ich es schon auf dem Hof erlebt hatte, nahmen die großen Menschen mich meist gar nicht wahr, während die kleinen oft die Hand nach mir ausstreckten und lächelten.

So lief ich also neugierig durch das Dorf und schaute mich um.

Diese Welt hier war so ganz anders als das, was ich bisher kennengelernt hatte.

Die vielen Autos, die fremden Geräusche, Gerüche und Menschen wirkten bedrohlich und so achtete ich darauf, mir immer einen Fluchtweg offen zu halten.

Ich streifte durch wunderschöne Gärten und auf einer Terrasse entdeckte ich eine Schüssel, mit wohlriechendem Katzenfutter. Nachdem ich mich gründlich umgesehen hatte, fraß ich die Schale gierig leer.

Als ich fertig war, putzte ich mich erst mal ausgiebig. Das war das erste Futter, das ich mir nicht selbst fangen musste, ich fühlte mich super.

In der Hoffnung, noch mehr gefüllte Futterschüsseln zu finden, ging ich weiter.

Am Abend wurde es ruhiger im Dorf. Die Menschen verschwanden in ihren Häusern und auch auf den Straßen wurden die Autos weniger. Die Nacht verbrachte ich mit der Jagd auf Mäuse, schlief aber auch eine ganze Weile auf einem bequemen Gartenstuhl.

Als ich gerade weiterziehen wollte, lief mir ein anderer Kater über den Weg. Oje dachte ich, das gibt Ärger. Aber anders als befürchtet, erklärte er mir freundlich, dass ich mich in seinem Revier aufhalten würde und mich doch auf mein eigenes beschränken solle. Ich klärte ihn auf, dass ich nur auf der Durchreise sei und meinen Platz noch suchen müsse. Ich erzählte ihm von dem Hof, von meinem Brüderchen, das keine Chance gehabt hatte und von meiner Mutter, die immer dünner wurde, weil die vielen Geburten sie auszehrten.

Er schaute mich mitleidig an und erklärte, dass auch er ganz viel Pech im Leben gehabt hatte, bevor diese Menschen sein Leben komplett verändert hätten. Hier würde er für immer bleiben wollen, er hatte sein Paradies gefunden. Jetzt wollte ich natürlich die ganze Geschichte wissen, also begann er zu erzählen.

Ein Kater erzählt seine Geschichte

"Ich war etwa acht Wochen alt, als man mich von meiner Mutter und meinen Geschwistern trennte.

Die ersten Tage im meinem neuen Zuhause waren furchtbar. Ich vermisste meine Mama ganz schrecklich und hatte keinen Artgenossen, an dem ich mich hätte anlehnen können. Den Umgang mit Menschen war ich zwar gewohnt, aber diese hier waren mir fremd. Vor allem die beiden kleinen Kinder der Familie machten mir Angst. Sie zerrten ständig an mir herum und verhielten sich meist sehr laut und stürmisch.

Wenn sie mich auf den Arm nahmen, drückten sie mich oft so doll, dass es schmerzte. Manchmal stritten sie sich darum, wer mich auf dem Arm halten durfte. Dann zerrten beide gleichzeitig an sämtlichen Körperteilen von mir. Ich schrie und weinte ganz oft und wenn ich Glück hatte, und ein Erwachsener das hörte, schimpfte man mit den Kindern. So vergingen die ersten Monate. Ich war in der Zwischenzeit gewachsen und kräftiger geworden.

Als ich wieder mal das Opfer eines Streits der beiden Jungs wurde, setzte ich zum ersten Mal meine Krallen ein. Voller Panik verpasste ich dem jüngeren der beiden einen tiefen Kratzer durchs ganze Gesicht. Der Bub weinte bitterlich, aber die Kinder ließen von mir ab.

Von da an wusste ich, was zu tun war. Bevor ich mich weiterhin von den Kindern misshandeln ließ, musste ich mich einfach wehren.

Mit den Erwachsenen gab es keinerlei Probleme, die streichelten mich auch mal liebevoll, wenn ich es mir auf dem Sofa neben ihnen bequem machte.

Leider kamen sie nie auf die Idee, ihren Kinder den richtigen Umgang mit mir zu erklären. Ich glaube sie waren froh darüber, dass sich ihre Kinder irgendwie beschäftigten. Dass ich der Leidtragende war, interessierte hier niemanden. Da die beiden mittlerweile etwas Respekt vor mir hatten, quälten sie mich nun eben auf eine andere Art.

Manchmal bewarfen sie mich mit Spielzeug oder erschreckten mich, wenn ich gerade irgendwo eingeschlafen war.

Die Eltern schimpften mit mir, wenn ich eines der Kinder gekratzt hatte. Dass ich aber unter dieser Situation noch viel mehr litt, als die beiden unerzogenen Kinder, das kam denen nicht in den Sinn.

Als ich eines Tages in mein Katzenklo stieg, um mein Geschäft zu erledigen, versperrten die beiden mir plötzlich den Ausgang, indem sie eine Decke über das Haubenklo warfen. Ich bekam die totale Panik, hatte keine Ahnung was da passiert war und drehte vor Angst beinahe durch. Nach einer halben Ewigkeit, zogen sie die Decke weg und ich konnte die Toilette unter dem Gelächter der Kinder fluchtartig verlassen.

Von da an traute ich mich nicht mehr in diese geschlossene Katzentoilette hinein. Ich versuchte zuzudrücken, aber irgendwann konnte ich nicht mehr anders und urinierte im Bad auf den Vorleger.

Frauchen schimpfte ganz arg mit mir, als sie entdeckte, was ich gemacht hatte. Ich wusste ja, dass es nicht richtig war, aber was sollte ich denn tun? In dieser geschlossenen Toilette war ich den Kindern total ausgeliefert.

Als ich dann im Flur auf einen Teppich pinkelte, wurde Herrchen so richtig böse. Als er mich ansah, bekam ich Angst und flüchtete im Schlafzimmer unter das Bett. Wutentbrannt rannte er hinter mir her und zog mich unsanft unter dem Bett hervor. Er packte mich im Genick und rieb meine Nase in meinem eigenen Urin. Es war furchtbar und ich verlor das letzte Fünkchen Vertrauen zu meinen Menschen. Warum nur behandelten sie mich so? Merkten sie denn nicht, dass ich in ständiger Angst nur noch geduckt durch das Haus lief? Dass ich bei jedem Geräusch furchtbar erschrak und mich zum Schlafen in die hintersten Ecken verkroch?

So ging es von nun an Tag ein, Tag aus. Ich suchte mir immer neue Plätze, um Kot abzusetzen oder zu urinieren. Immer in der Hoffnung, dass ich mal ein Örtchen finden würde, an dem Herrchen und Frauchen es akzeptieren würden.

Mittlerweile streichelte mich auch keiner mehr. Die Erwachsenen schauten mich nur noch böse an, schimpften, wenn sie irgendwo eine Pfütze entdeckten und gaben mir dann auch mal einen Klaps auf das Hinterteil. Immer wieder stopften sie mich unsanft in mein Katzenklo, versperrten den Ausgang und sagten, sie würden mich erst wieder raus lassen, wenn ich was „gemacht" hätte. Dass ich unter diesen Umständen überhaupt nicht fähig war, irgendwas zu machen, begriffen sie nicht. Meine Angst vor dem Katzenklo und meinen Menschen wurde immer größer.

Eines Tages riss mich Herrchen aus dem Schlaf und steckte mich in die Transportbox. Die Kinder streichelten mit ihren kleinen Händen über die Box und weinten. Frauchen stand mit gesenktem Kopf daneben. Dann wurde ich ins Auto getragen. Vermutlich würden wir jetzt wieder zum Tierarzt fahren, das hatte mir die letzten Male, bei denen ich geimpft und kastriert wurde, schon nicht gefallen.

Als wir nach einer längeren Fahrt ausstiegen, überkam mich ein beklemmendes Gefühl.

Es roch hier nach Hunden und anderen Katzen, aber anders als beim Tierarzt.

Ich wurde in eine Quarantänebox gesteckt, in der ich die nächsten Tage verbrachte. Nach mehreren Untersuchungen durfte ich dann in das Katzengehege des Tierheims umziehen.

So einfach war das also für meine Familie.

Anstatt mir zu helfen, hatten sie mich einfach ins Tierheim abgeschoben.

Natürlich war das für sie einfacher, als nach dem Grund für mein Verhalten zu suchen.

Sie hatten ja nicht mal versucht, mich zu verstehen.

Da ich nicht so funktioniert hatte, wie sie es sich wünschten, ließ mich meine Familie einfach im Stich.

Den Kindern mache ich keinen Vorwurf, sie wussten es nicht besser und waren zu klein, um zu verstehen, was sie mir antaten. Es sollte die Aufgabe der Erwachsenen sein, ihren Kindern den richtigen Umgang mit Tieren beizubringen.

Als die kleinen sich von mir verabschiedet hatten, wusste ich, dass sie mich gerne hatten, leider hatte ihnen nur niemand erklärt, wie man Liebe zeigt.

Nun saß ich also mit vielen anderen Katzen in einem Gehege und fühlte mich schrecklich.

Immer wieder kamen Menschen und adoptierten einen von uns.

Und immer wieder kamen neue Katzen dazu, die von ihren Menschen aus den unterschiedlichsten Gründen im Stich gelassen wurden.

Manche wurden gebracht, weil die Leute behaupteten, das Kind reagiere plötzlich allergisch auf die Katze. Andere mussten ihr Zuhause räumen, weil die Frau schwanger war und Angst hatte, die Katze könne dem Baby schaden. Wieder andere wurden Opfer

von Trennungen, oder die Menschen zogen in eine andere Wohnung, die Katzenhaltung verbot.

Da ich das Vertrauen in die Menschen komplett verloren hatte, verkroch ich mich immer, wenn Interessenten das Gehege betraten. Nicht noch einmal wollte ich von Menschen, denen ich vertraut hatte, enttäuscht werden. Ich bekam ja schließlich täglich mit, wie schnell man eine Katze ins Tierheim abschob. Eines Tages kam dann dieses Ehepaar.

Wie immer hatte ich mich in einer Höhle in einer Ecke verzogen. Als die Frau mich entdeckte, kam sie ganz vorsichtig auf mich zu.

Als sie die Angst in meinen Augen sah, blieb sie stehen und redete freundlich auf mich ein. Sie versuchte nicht, mich gegen meinen Willen anzufassen, sondern blieb auf Abstand.

Langsam hockte sie sich auf den Boden und erzählte mir, dass ihre alte Katze vor einigen Wochen über die Regenbogenbrücke gegangen sei und sie diesen Platz wieder mit Leben füllen wolle. Auch diese

Katze hatte sie vor vielen Jahren aus dem Tierheim adoptiert, nachdem die Vorbesitzer sie wegen irgendwelchen Problemen abgegeben hatten. Sie erzählte, dass sie ihrer sterbenden Katze versprochen hatte, einem anderen Tier die Chance auf ein schönes Leben zu bieten.

Nachdem das Ehepaar sich noch eine Weile mit der Tierpflegerin unterhalten hatte, stand für diese Menschen fest, dass ich der Auserwählte sein sollte.

Also wurde ich in eine Box gesetzt und die Reise in mein neues Zuhause begann.

Ich lebe jetzt seit vier Jahren hier und bin diesen Menschen so dankbar.

Nach dem, was ich erlebt hatte, dauerte es seine Zeit, bis ich den beiden vollständig vertraute und ihre Berührungen zuließ. Sie ließen mir diese Zeit, ich durfte selbst das Tempo bestimmen.

Mit viel Liebe und Geduld haben sie es geschafft, mir die Angst zu nehmen. Ich genieße mein Leben und wünsche mir, dass ich noch viele Jahre zusammen mit meinen Menschen verbringen darf.

Ich habe hier viele Freiheiten, kann durch eine Katzenklappe selbst bestimmen, wann ich im Haus sein möchte und wann ich draußen durch mein Revier streife.

Ich komme immer wieder gerne nach Hause, ich habe meinen Platz fürs Leben gefunden und ich wünsche auch dir, dass du irgendwann deinen Menschen begegnest.

Sei offen, aber auch wachsam. Vertraue deinen Instinkten, dann wirst auch du dein Glück finden."

Selbstbewusst drehte sich der Kater um und ging in Richtung Haus. Bevor er durch die Katzenklappe im Inneren des Hauses verschwand, warf er mir noch einen ermutigenden Blick zu.

Es gab sie also tatsächlich, diese Menschen, die ihre Tiere wirklich liebten und sich hingebungsvoll um sie kümmerten.

Aber wie sollte ich diese Menschen von den anderen unterscheiden? Konnte ich mich da wirklich auf meine Instinkte verlassen?

Es blieb mir wohl nichts anderes übrig, als dem Kater zu vertrauen und zu hoffen, dass ich „meine" Menschen erkennen würde, sollten sie mir über den Weg laufen.

Mittlerweile war es hell geworden.

Die Menschen verließen ihre Häuser und gingen ihren Beschäftigungen nach. Ich hatte am Ortsrand eine große Wiese entdeckt, die sich wunderbar dazu eignete, meinen Hunger mit Mäusen zu stillen.

Weiter hinten stand ein Holzschuppen, den ich mir auf jeden Fall genauer anschauen wollte. Vielleicht konnte ich mich hier ein bisschen zurückziehen und schlafen. Tatsächlich fand ich ein Loch, durch das ich in das Innere der Hütte gelangen konnte. Hier drinnen befanden sich ein paar Geräte, die ich auch auf dem Hof schon mal gesehen hatte. So wie es hier aussah, hatte diesen Ort schon länger kein Mensch mehr betreten.

Hier drinnen fühlte ich mich beinahe wie Zuhause.

Nachdem ich ein gemütliches Plätzchen auf einem Anhänger gefunden hatte, schlief ich erst mal tief und fest.

Als ich aufwachte, streckte ich mich ausgiebig und säuberte mein überwiegend schwarzes Fell. Es dauerte auch nicht lange, bis ich mein Frühstück gefangen und verspeist hatte. Dann machte ich mich auf den Weg ins Dorf, bereit für neue Abenteuer. Ich lief zurück über die Wiese, lief zur großen Straße und passte den richtigen Moment ab, um ohne Risiko drüber zu kommen. Ziellos trabte ich durch den Ort und prägte mir jedes kleine Detail ganz genau ein. Schließlich sollte dieses Dorf hier meine neue Heimat werden und da wollte ich mich ganz genau auskennen. Außerdem war ich total neugierig, wie die anderen Tiere hier im Ort so mit den Menschen klarkamen und wie sie lebten. Ich wollte einfach jede Geschichte hören, um mir ein eigenes Bild über das Leben mit und bei den Menschen bilden zu können.

In einem Garten, der von einem Zaun umgeben war, entdeckte ich einen Hund. Dieser war um einiges kleiner, als der traurige Hofhund, mit dem ich mich so oft unterhalten hatte und der mir sehr fehlte. Ich sprang auf einen der Zaunpfähle und beobachtete ihn. Er wirkte noch relativ jung, hatte aber nicht gerade eine sportliche Figur.

Als er mich entdeckte, stand er mühsam auf und kam träge auf mich zu.

"Hast du keine Angst vor mir?"

Ich erzählte ihm, dass ich von einem Hof käme und der dortige Hofhund mein bester

Freund gewesen sei. Als er wissen wollte, warum ich hier unterwegs war, erklärte ich

ihm, dass ich den Hof verlassen hatte, um ein neues Zuhause zu suchen, da ich dort für mich keine Zukunft sah.

"Ich habe gehört, dass es hier im Ort Menschen geben soll, die Tiere sehr gerne mögen. Kannst du das bestätigen? Wie bist du zu den Menschen gekommen?

Der Terrier

„Im Alter von fünf Wochen lernte ich meine erste Familie kennen. Ich lebte damals mit meiner Mama und meinen fünf Geschwistern bei unserem Herrchen, der uns Terrier züchtete. Als ich die beiden jungen Leute sah, waren sie mir sofort sympathisch, also zeigte ich mich von meiner besten Seite.

Damals wusste ich natürlich noch nicht, dass ich hier ausziehen und mich von Mama, meinen Brüdern und Schwestern trennen müsste. Ich fand die beiden einfach nett und tapste tollpatschig auf sie zu. Als die junge Frau mich freudig auf den Arm nahm, knabberte ich liebevoll an ihren

Fingern und leckte ihr in einem passenden Moment über das Gesicht. Sie schien begeistert von mir zu sein, schmuste zwar auch mit meinen Geschwistern, nahm aber immer wieder mich auf den Arm zum Knuddeln.

Als das junge Pärchen dann einige Wochen später wiederkam, war meine Freude groß.

Wieder lief ich schwanzwedelnd auf die beiden zu und begrüßte sie übermütig.

Sie redeten noch eine Weile mit dem Züchter, bevor sie mich in eine Transportbox setzten und zum Auto trugen.

Auf der Fahrt winselte ich leise, ich hatte Angst, denn ich wusste ja nicht, wohin die Reise ging.

Liebevoll steckte mein neues Frauchen ihre Finger durch die Gitter der Box und redete beruhigend auf mich ein.

In meinem neuen Zuhause angekommen, durfte ich die Box verlassen und erkundete sofort neugierig mein neues Reich.

Ein super kuscheliges Hundebettchen stand in einer Ecke des Raums, daneben lag verschiedenes Hundespielzeug.

In der Küche fand ich einen Wassernapf, an dem ich auch gleich meinen Durst löschte.

Vom Wohnzimmer aus führte eine Tür in einen kleinen, eingezäunten Garten.

Herrchen lockte mich gleich nach draußen, wo ich mich auch sofort erleichterte.

Das war nun also mein neues Zuhause, ich war begeistert.

Die Trennung von meiner Familie hatte ich sehr schnell überwunden, ich wurde so verwöhnt, dass ich gar nicht zum Trauern kam.

Die ersten Tage vergingen wie im Fluge. Die beiden hatten sich extra Urlaub genommen, damit ich nie alleine war. Wir tobten viel gemeinsam im Garten, unternahmen kleine Spaziergänge und kuschelten stundenlang miteinander auf dem Sofa.

Als Frauchens Urlaub vorbei war und sie wieder arbeiten gehen musste, war dann nur noch Herrchen da. Er arbeitete von Zuhause aus und konnte sich seine Zeit einteilen, somit war ich so gut wie nie alleine.

Ich lernte auch ganz schnell, dass es nicht schlimm war, wenn sie mal nicht da waren. Herrchen und Frauchen übten das mit mir in kleinen Schritten, so dass ich zu beiden das absolute Vertrauen aufbauen konnte und mir ganz sicher sein konnte, dass sie mich nie im Stich lassen würden.

Mit Frauchen zusammen besuchte ich regelmäßig eine Welpenschule, in der ich sehr viel Spaß mit anderen Hunden hatte. Hier konnte ich mich immer so richtig austoben und soziale Kontakte knüpfen. Mit vielen anderen, etwa gleichaltrigen Hunden, durfte ich spielen und raufen, um mich so auf das Leben vorzubereiten.

Nach der Welpenschule kam die Hundeschule, denn ich sollte ja auch lernen, wie sich ein anständiger Hund zu benehmen hat.

Da ich sehr große Freude am Lernen hatte, fieberte ich den Nachmittagen in der Hundeschule immer schon entgegen. Auch Zuhause waren meine Menschen sehr daran interessiert, mir viele Tricks beizubringen, die ich mit großer Begeisterung lernte. Als ich größer war, durfte ich mit Herrchen immer zum Joggen gehen oder neben dem Fahrrad herlaufen.

Nach einem anstrengenden Lauf, oder viel Kopfarbeit, genoss ich bei schönem Wetter oft die Ruhe im Garten. Hier konnte ich so richtig entspannen und das Leben genießen. Ich liebte meine Menschen. Sie sorgten dafür, dass ich alles hatte, was ich zum Glücklichsein brauchte.

Meine Dankbarkeit zeigte ich ihnen, indem ich Befehle brav befolgte und ihnen bei jeder Gelegenheit mit meiner langen, nassen Zunge über das Gesicht leckte. Dann lachten sie immer beide, wischten sich mit dem Ärmel über das Gesicht und drückten mich liebevoll. Ich wusste ja, dass sie das eigentlich nicht mochten, aber irgendwie musste ich ihnen doch zeigen, wie sehr ich sie liebte. Weil sie es so lustig fanden, nahmen sie es mir auch nicht übel.

So vergingen die ersten drei Jahre wie im Flug, als mich eines Tages das böse Gefühl beschlich, dass irgendwas nicht stimmte.

Beide veränderten sich irgendwie. Natürlich hatte es vorher auch immer mal Meinungsverschiedenheiten zwischen den beiden gegeben, aber jetzt stritten sie sich ziemlich oft und heftig.

Die Stimmung Zuhause bedrückte mich sehr und immer wieder versuchte ich zwischen meinen Menschen zu vermitteln.

Jetzt kam es immer öfter vor, dass sie auch mich ignorierten oder sogar unsanft zur Seite schoben, wenn ich trösten wollte.

Manchmal war es so schlimm, dass Türen zugeknallt wurden oder sogar irgendwas zu Bruch ging. Einmal konnte ich dieses Geschrei und den Krach nicht mehr ertragen und hab mich vor die beiden gestellt und ganz laut gebellt. Ich hatte das Gefühl, ich musste sie endlich wachrütteln. Daraufhin hat Herrchen mich so fest angeschrien, dass ich mich ängstlich im Schlafzimmer unter dem Bett versteckte.

Von diesem Moment an fühlte ich mich jedes Mal noch schlechter, wenn meine Menschen sich stritten und laut wurden. Nun flüchtete ich immer unter das Bett, wenn die zwei anfingen zu diskutieren, weil ich genau wusste, dass es gleich wieder laut werden würde.

Die Spaziergänge waren mittlerweile furchtbar langweilig. Ich trottete neben Herrchen oder Frauchen her, die schlechtgelaunt und lustlos an der Leine zerrten, wenn ich mal an irgendwas länger schnupperte, als sie es wünschten.

In einem Park, setzte Frauchen sich oft auf eine Bank und hatte nur noch Augen für ihr

Handy. Hier hatte sie sich früher auch oft hingesetzt, aber mit dem Unterschied, dass sie einen Ball dabei hatte, den sie immer wieder für mich auf die große Wiese geworfen hatte. Tausendmal war ich gelaufen und hatte Frauchen den Ball in den Schoß gelegt, damit sie ihn erneut werfen konnte. Wir hatten beide so Spaß an unseren gemeinsamen Spaziergängen und Spielen gehabt. Jetzt war es für sie nur noch eine lästige Pflicht, mit mir nach draußen zu gehen.

Also saß ich angeleint neben der Bank und hatte Angst, mich zu bewegen, weil ich Frauchen nicht verärgern wollte.

Herrchen joggte mittlerweile auch lieber alleine, was mir ganz recht war, da er mir die letzte Zeit oft Angst einjagte mit seiner lauten Stimme.

Ich zog mich immer mehr zurück, lag oft stundenlang in meinem Bettchen und träumte von den alten Zeiten. Die Zeiten, in denen meine Menschen sich und mich noch lieb gehabt hatten und wir eine richtige Familie waren. Ich träumte von abwechslungsreichen Spaziergängen, von lustigen Spielen und von Kuschelstunden auf dem Sofa.

Eines Tages war es dann soweit. Meine Menschen redeten von Trennung und von einem neuen Zuhause für mich.

So hatte ich mir das nicht vorgestellt. Sie konnten mich doch nicht einfach abschieben, nur weil sie Probleme miteinander hatten. Ich war am Boden zerstört, konnte das alles nicht begreifen und verkroch mich noch mehr, als ich es sowieso schon tat.

Bald darauf besuchte uns ein Mann mittleren Alters, der mich für seine Mutter adoptieren wollte. Da der Vater kürzlich verstorben war, fühle sich die Mutter sehr einsam und das wolle er ändern, indem er seiner Mutter einen Hund schenkte. Er war sehr nett, kraulte mich liebevoll und nahm mich dann schließlich nach einem Gespräch mit meinen Menschen mit.

Beim Abschied weinte Frauchen, nahm mich noch ein letztes Mal liebevoll in den Arm und küsste mich auf die Stirn. Das hatte sie schon so lange nicht mehr getan und ich hatte einen kurzen Moment die Hoffnung, dass sie es sich noch mal anders überlegen würde und ich hierbleiben dürfte.

Hier, in meinem neuen Zuhause, ist es zwar ganz gemütlich, aber ich hatte lange Zeit furchtbares Heimweh. Es gibt zwar diesen kleinen Garten, der mich an den Garten in meinem alten Zuhause erinnert, aber niemanden, der mit mir spielt und mich auspowert. Mein neues Frauchen ist 73 Jahre alt und nicht mehr ganz so gut zu Fuß. Da sie Angst hat, dass ich weglaufe, lässt sie mich nicht von der Leine. Das heißt, dass ich meinem Drang nach Bewegung überhaupt nicht nachkommen kann. Zweimal täglich laufen wir eine gemütliche Runde durch den Ort. Sie liebt mich über alles, verwöhnt mich mit

Leckereien, die sich ziemlich schnell auf meinen Hüften festgesetzt haben. Hier werde ich zwar wieder geliebt und umsorgt, mir fehlt aber die Abwechslung und die Bewegung. Ich bin noch relativ jung, habe den Drang zu spielen und zu toben, da kann mein neues Frauchen in ihrem Alter aber leider nicht mehr mithalten. Ich akzeptiere das, schließlich habe ich sie ins Herz geschlossen und will sie nicht überfordern.

Aus Langeweile futterte ich alles in mich hinein, was Frauchen mir anbietet und das ist nicht gerade wenig und manchmal auch alles andere als gesund. Innerhalb von ein paar Monaten habe ich ziemlich zugelegt und werde immer träger.

Die Tage verbringen wir gemeinsam auf dem Sofa. Während sie strickt, liege ich mit meinem Kopf auf ihrem Schoß und döse vor mich hin. Wenn sie nicht strickt, schaut sie in den Fernseher und streichelt manchmal stundenlang mir ihrer Hand durch mein Fell. Das ist wunderschön und ich möchte das auch nicht mehr missen.

Besuch kommt so gut wie nie, weshalb ein Tag dem anderen gleicht und ich schon auf die Minute weiß, was als nächstes auf dem Plan steht.

Ja, ihr Sohn hat es lieb gemeint, aber dabei nicht wirklich an mich gedacht. Er wollte, dass seine Mutter nicht so viel alleine ist und jemanden zum Kuscheln hat. Ich bin zwar nicht sehr groß, aber trotzdem ein Jagdhund, der eigentlich nicht dazu geboren ist, den ganzen Tag vollgefressen in einer Wohnung zu sitzen.

Weißt du, da gibt es andere Hunderassen, die nicht so einen großen Bewegungsdrang haben. Oder ältere Hunde, die auch nicht mehr so viel laufen möchten.

Mittlerweile habe ich mich mit meinem Leben, so wie es ist, abgefunden. Ich liebe mein Frauchen über alles und ich werde alles dafür tun, damit sie glücklich ist.

Von langen Spaziergängen und Ballspielen auf der Wiese kann ich nur noch träumen. Durch mein Übergewicht hab ich auch keine Kondition mehr, ich werde immer fauler und träger.

Mit meinen dreieinhalb Jahren lebe ich das Leben eines alten Hundes."

In diesem Moment erschien die alte Dame in der Terrassentür und raschelte mit einem Beutel.

„Komm mein Schätzchen, ich habe was ganz Feines für dich."

Tja, so unterschiedlich konnten die Menschen also sein.

Die einen sperrten ihre Tiere ein und kümmerten sich kaum darum und die anderen meinten es zu gut mit ihren Vierbeinern.

Aber das alles gab mir Hoffnung, dass auch ich eines Tages den Menschen treffen würde, der es gut mit mir meinte.

Elegant hüpfte ich von dem Pfosten und lief erhobenen Schwanzes weiter.

Ich hatte keine Ahnung, wohin mich mein Weg führen würde, aber ich war gewillt, das Beste draus zu machen.

Ich musste wieder an die Worte von Joelina denken. Sie hatte mir Mut gemacht und das gab mir die Kraft, nach meinen Menschen zu suchen. So vergingen die ersten Wochen im Dorf wie im Fluge.

Ich lernte täglich andere Tiere kennen und ließ mir ihre Geschichten erzählen. Ich erfuhr sehr viel über die Menschen im Umgang mit den verschiedensten Tieren. Ich streifte durch die Gärten und wusste sehr bald, wo ich etwas Fressbares finden konnte. Manchmal war es ein gefüllter Napf, manchmal aber auch Essensreste, die die Menschen auf einem Komposthaufen entsorgten.

Zum Schlafen fand sich auch immer irgendwo ein Plätzchen, so dass ich mich eigentlich ganz wohl fühlte.

Eines Tages sah ich an einem offenen Fenster einen Käfig stehen.

In diesem Käfig saß ein blaues Vögelchen, das traurig ein Lied zwitscherte.

So etwas hatte ich bisher auch noch nicht gesehen. Ein Tier, das am Tag ganz viel Zeit in der Luft verbrachte, in einem kleinen Käfig, in dem Fliegen unmöglich war.

Ich sah die anderen Vögel, die übermütig ihre Runden am Himmel drehten und fröhliche Lieder sangen. Vorsichtig schlich ich mich unter das Fenster und sprach das einsame Vögelchen an.

Er erschrak als er mich sah, beruhigte sich aber wieder, als ich ihm erklärte, dass ich keine bösen Absichten hatte.

Ich fragte ihn, warum er nicht wie die anderen Vögel herumfliegen durfte, sondern in diesem Gefängnis saß.

Traurig senkte der Vogel seinen Kopf und begann mir seine Geschichte zu erzählen:

Das Gefängnis

Ich bin Bubi, ein Wellensittich, drei Jahre alt und lebe seit ich denken kann hinter diesen Gittern.

Mein Gefängnis ist so klein, dass ich noch nicht mal einen einzigen Flügelschlag machen kann. Ich stehe meistens hier an diesem Fenster, durch das ich einen Blick auf den wunderschönen Garten habe. Von hier aus beobachte ich die anderen Vögel, wie Meisen, Amseln, Spatzen, Rotschwänzchen und was da sonst noch so alles herumfliegt. Es macht mich traurig, dass ich hier in meinem Käfig gefangen bin. So gerne würde ich mit einem Schwarm Artgenossen meine Flugkünste am Himmel zum Besten geben.

Ich weiß nicht einmal, wie sich Fliegen anfühlt.

Manchmal habe ich keine Ahnung, was ich mit meiner ganzen Energie anfangen soll, dann hüpfe ich ganz flink von einer Stange zur anderen. Die Menschen finden das lustig und sind der Meinung, ich mache das weil ich so fröhlich bin. Die haben ja keine

Ahnung. Ich habe Flügel und bin noch nie in meinem Leben geflogen. Ich bin ein Schwarmvogel und sitze alleine in einem engen Gefängnis. Wie soll ich da fröhlich sein? Ich weiß, dass mein Frauchen mich sehr gerne hat, sie redet oft mit mir oder stellt mich an einen anderen Platz im Haus, wenn es am Fenster zu warm wird, weil die Sonne hereinscheint. Sie achtet darauf, dass ich immer frisches Wasser habe und füllt meinen Futternapf regelmäßig auf. Zwischendurch bekomme ich mal ein Salatblatt, Gurke oder ein Stück Apfel. Jeden zweiten Tag hängt sie mir die

Badewanne mit schönem handwarmem Wasser an mein Gefängnis. Ich liebe es zu baden, das ist für mich wirklich das absolute Highlight in meinem tristen Leben.

Nach dem Bad wird mein Gefängnis dann immer gründlich gereinigt. Ja, ich kann mich wirklich nicht beschweren, was die Versorgung hier angeht. Aber das allein reicht eben nicht, um mir ein glückliches Leben zu bereiten.

Wenn sie das Haus verlässt, macht sie extra für mich das Radio an, damit ich mich nicht so einsam fühle. Ist ja echt nett gemeint, aber genau so effektiv, wie wenn sie mir einen Plastikvogel in den Käfig setzt.

Das hat sie übrigens wirklich mal gemacht, damit ich Gesellschaft habe. Ein doofer Plastikwellensittich, der auf meiner Sitzstange befestigt wurde. Was hätte ich denn mit dem tun sollen? Mich zu ihm setzten und schmusen? Vielleicht ein bisschen schnäbeln? Mir vorstellen, es ist eine Vogeldame und mit ihr flirten? Nein danke, so ganz blöd bin ich

dann ja doch nicht. Ich habe einfach so lange Theater gemacht, bis sie begriffen hat, dass ich das Ding nicht in meinem Gefängnis haben will. Sie war ganz betrübt, hatte sie doch tatsächlich geglaubt, mir mit diesem Plastikvogel eine Freude zu machen. Wenn ich wenigstens einen einzigen Artgenossen bei mir hätte und dieser Käfig größer wäre, so dass man auch mal fliegen könnte, würde ich mich schon um einiges besser fühlen. Warum denken die Menschen denn so wenig drüber nach, wie es uns Haustieren geht? Jeder Mensch, den man sein Leben lang in so ein Gefängnis ohne Kontakt zu anderen Menschen sperren würde, würde innerhalb kürzester Zeit elendig verkümmern. Ja, auch wir Tiere verkümmern irgendwann, wenn wir unseren natürlichen Bedürfnissen nicht nachkommen können und keinerlei soziale Kontakte pflegen können.

Es gibt sicherlich Tiere, die sich damit abfinden und auch alt werden. Aber das bedeutet nicht automatisch, dass sie glücklich sind. Manche Vogelarten fangen alleine in Gefangenschaft irgendwann an zu sprechen. Die Menschen finden das lustig und glauben der Vogel mache das, weil er glücklich ist und eine besondere Bindung zu seinem Menschen hat. In Wirklichkeit handelt es sich um eine Verhaltensstörung, der Vogel verhält sich wie ein Mensch, weil er ja keine Ahnung hat, wie er sich als Vogel zu verhalten hat. Da er keine Artgenossen hat, wo er sich etwas abschauen und sein natürlichen Instinkte ausleben könnte, klammert er sich an den Menschen.

Ja, ein sprechender Vogel bringt so manchen zum Lachen. Aber eigentlich ist es sehr traurig, wenn ein Tier aus Verzweiflung versucht sich wie ein Mensch zu verhalten, da es ansonsten an Einsamkeit eingehen würde. Einen Menschen, der sich wie ein Tier verhält, würde man zum Psychologen schicken, andersrum findet man es lustig. Ich würde mir wünschen, dass die Menschen sich mal versuchen in die Lage ihres Tieres zu versetzten. Dass sie sich hinsetzen, die Augen schließen und sich vorstellen, sie seien ihr eigenes Haustier. Ich bin mir sicher, dass so manchem ein Licht aufgehen würde und er seine Tierhaltung noch mal überdenken würde.

Mein Frauchen kann das Haus verlassen, wann immer sie möchte. Sie kann sich mit anderen Menschen treffen, wann immer sie Lust dazu hat. Ich kann das nicht. Ich sitze tagein, tagaus hier in meinem Gefängnis und warte darauf, dass es Abend wird. Dann höre ich draußen in dem schönen Garten die Amseln ihr Abendlied singen und werde traurig. Traurig, weil ich weiß, dass nach dieser bevorstehenden Nacht wieder ein Tag kommen wird, der genau so trostlos für mich verlaufen wird, wie all die Tage in meinem bisherigen Leben. Die Menschen sind so egoistisch.

Nur, weil sie nicht alleine sein möchten, oder weil sie das Gefühl haben, sie brauchen etwas zum Liebhaben, sperren sie uns Tiere ein.

Die wenigsten machen sich einen Kopf, wie es uns dabei geht.

Hauptsache sie haben was sie wollten.

Gibt es überhaupt artgerechte Tierhaltung?

Ich bin der Meinung, dass artgerecht nur die Freiheit sein kann!

Aber wenn ich wenigstens in einer Voliere mit Artgenossen leben dürfte, wäre das für mich schon tausendmal besser, als das hier.

Sei froh, dass du als Katze geboren bist, Katzen sperrt man nicht in Käfige."

Plötzlich erschien eine Frau am Fenster, die entsetzt aufschrie, als sie mich sah.

Mit wild fuchtelnden Armen und zischenden Geräuschen verjagte sie mich vom Fenster.

Oh, sie schien Bubi ja wirklich gern zu haben. Aber warum sperrt man jemanden, den man mag ein?

Was gab den Menschen das Recht, ein Lebewesen wie einen Gefangenen zu halten? Das Rätsel „Mensch" ließ sich einfach nicht lösen.

Etwas verwirrt zog ich also weiter.

In dem Garten eines kleinen Hauses sah ich einen alten Mann, der fröhlich pfeifend seiner Beschäftigung nachging.

Ich weiß nicht was es war, aber irgendetwas faszinierte mich an diesem Menschen so, dass ich mich in einiger Entfernung hinsetzte und ihn beobachtete. Er hatte eine kleine Schüssel in der Hand, in die er die Johannisbeeren gab, die er sorgfältig von einem Strauch zupfte. Als er mich entdeckte, lächelte er mich an.

„Na wer bist denn du? Dich habe ich hier ja noch nie gesehen. Du bist sicherlich ein Streuner.

Du schaust hungrig aus, soll ich dir mal was zu Fressen holen?"

Mit diesen Worten verschwand er im Haus um kurz darauf mit einem Teller voller Schinkenwurststücken zurück zu kommen.

Ich wusste nicht so recht, ob ich dem Frieden trauen konnte und schaute ihn ängstlich mit großen Augen und nach hinten geklappten Ohren an. Bereit zur Flucht beobachtete ich ganz genau jede seiner Bewegungen.

Er spürte meine Angst und stellte den Teller ein ganzes Stück von mir entfernt auf den Boden.

"Du musst dich nicht fürchten, ich tu dir nichts.

Ich bin nur ein alter Mann, der froh ist, wenn man ihm nichts tut"

Er lachte fröhlich, nahm die Schüssel mit den Johannisbeeren wieder in die Hand und ging in Richtung der Sträucher, um weiter seiner Arbeit nachzugehen.

Der Duft, der von dem Teller mit Schinkenwurst aus ging, stieg mir in die Nase. Ich checkte noch einmal kurz die Lage, bevor ich mich ganz vorsichtig zu dem Teller schlich.

Die Wurst war köstlich und ich leckte den Teller blitzeblank sauber.

So lange ich gefressen hatte, hatte mich der alte Mann lächelnd beobachtet.

"Na prima, du hattest also wirklich großen Hunger. Wenn du mir versprichst, dass du morgen wiederkommst, besorge ich dir ein anständiges Katzenfutter. Leberwurst ist nicht ganz das Richtige für dich.

Schau mal Kätzchen, ich lass dir hier ein Fenster in meiner Gartenhütte auf, da kannst du dich schlafen legen. Heute Nacht haben sie ein starkes Gewitter gemeldet, da drinnen bist du im Trockenen und musst keine Angst haben.

So, und jetzt hab ich genug Johannisbeeren, den Rest lassen wir den Vögeln, die möchten ja schließlich auch noch ihre Bäuchlein füllen."

Er winkte mir noch einmal zu und ging dann durch die Terrassentür ins Innere des Hauses.

Verwundert, aber glücklich blieb ich alleine im Garten zurück.

Noch immer leckte ich mir genüsslich das Mäulchen. Das war die erste Mahlzeit, die nur für mich gemacht worden war.

Hatte ich mein großes Glück etwa schon gefunden?

War das der Mensch, der mein Leben von nun an begleiten und bereichern würde?

Das Angebot mit der Gartenhütte wollte ich erst mal nicht annehmen. Was, wenn es nur eine Falle war? Das ging mir dann doch etwas zu schnell und so entschied ich mich, noch ein bisschen umherzuschleichen und morgen wieder zu kommen.

In dieser Nacht zog tatsächlich ein schweres Gewitter auf. Ich fand Unterschlupf auf einem großen Stapel Brennholz, das gegen den Regen mit einem Dach geschützt war. Hier hatte ich schon mehrere Nächte verbracht. Es war ein gut geschützter Ort, an dem ich mich sicher fühlte.

Auf das Gewitter in der Nacht folgte ein wunderschöner, sonniger Morgen.

Nachdem ich mich ausgiebig geputzt hatte, machte ich mich auf den Weg zu dem alten Mann. Mal sehen, ob er das mit dem Futter ernst gemeint hatte, oder ob es nur ein leeres Versprechen war.

Noch immer waren deutlich die Spuren des Unwetters zu sehen. An verschiedenen Stellen hatten sich große Pfützen gebildet, die durch die Kraft der Sonne aber bald versiegen würden.

Der alte Mann schien tatsächlich schon auf mich gewartet zu haben. Kaum hatte ich den Garten betreten, da öffnete er schon die Terrassentür und winkte mit dem Teller, von dem ich am Tag zuvor schon gefressen hatte.

"Schau mal Kätzchen, ich war heute schon im Dorfladen und habe dir ein leckeres Katzenfutter besorgt. Du hast Glück, dass ich immer sehr früh aufstehe. Weißt du, ich hole mir jeden Morgen die Zeitung in dem Laden, ich bin immer einer der ersten Kunden dort. Und ich habe an dich gedacht, so wie ich es versprochen hatte."

Mit diesen Worten stellte er den Teller auf den Boden und ging auf Abstand. Noch immer etwas misstrauisch bewegte ich mich auf den Teller zu und begann schließlich gierig, das Futter zu verschlingen. Dabei ließ ich den alten Mann natürlich nicht aus den Augen.

Er hatte den Kopf zur Seite geneigt und schaute mir lächelnd zu.

„Wir hatten früher immer Katzen, meine Frau und ich.

Als meine Frau vor drei Jahren starb, war Mimi alles, was ich noch hatte. Ohne sie hätte ich den Verlust meiner geliebten Else nicht verkraftet. Mimi hat mir jeden Tag gezeigt, dass sie mich braucht. Wenn ich wieder mal stundenlang in meinem Fernsehsessel saß und Löcher in die Luft starrte, war sie es, die mich wachgerüttelt hat. Unmissverständlich hat sie mir klargemacht, dass ich mich nicht hängen lassen darf, schließlich hatte ich ja auch noch Pflichten. Zum Beispiel die Pflicht, sie mit Futter und Streicheleinheiten zu versorgen. Das habe ich dann auch getan, meine Else hätte es mir sehr übel genommen, wenn ich Mimi vernachlässigt hätte. Weißt du, meine Frau liebte Katzen genau so, wie ich Katzen liebe. Mimi war unser Baby, ich musste jetzt ganz besonders für sie da sein, denn auch sie litt unter dem Verlust ihres Frauchens.

Nur mit Mimis Hilfe habe ich den Weg ins Leben zurückgefunden und mich aufgerappelt.

Vor einem halben Jahr ist Mimi dann sehr krank geworden und innerhalb weniger Wochen für immer eingeschlafen. Sie ist jetzt bei ihrem geliebten Frauchen im Himmel und ich bin mir sicher, sie liegt den ganzen Tag bei meiner Else auf dem Schoß und genießt es, wieder bei ihr zu sein.

Es wird vermutlich nicht mehr allzu lange dauern, dann werden wir drei wieder vereint sein.

Ich freue mich auf den Tag. Bis es soweit ist, werde ich mich um die kümmern, die Hilfe brauchen. So wie du. Du hast Hunger und ich gebe dir was zu essen. Ich freue mich, wenn ich jemandem etwas Gutes tun kann.

Weißt du, mir sind solche wie du lieber als die meisten Menschen.

Ihr Tiere seid so ehrlich, ihr enttäuscht einen nicht, wie Menschen es oft tun.

Menschen machen Versprechungen, die sie nicht halten oder lügen einem ins Gesicht. So was macht kein Tier. Siehst du, wenn ich dich nerve, dann drehst du dich um und gehst einfach. Ein Mensch würde mir freundlich ins Gesicht lächeln und dabei denken; halt die

Klappe Alter!"

Er wischte sich eine Träne aus dem Gesicht und verschwand wieder im Haus.

Von diesem Tag an besuchte ich den alten Mann täglich. Sobald ich auf der Terrasse erschien, ging auch schon gleich die Tür auf und er stellte mir den mit leckerem Katzenfutter gefüllten Teller hin. Auch wenn mir der alte Mann sehr sympathisch war, so blieb ich doch immer auf Abstand.

Manchmal versuchte er mich zu sich zu locken, war mir aber nicht böse, wenn ich der Aufforderung nicht Folge leistete.

Er redete immer sehr viel mit mir, was ich darauf schloss, dass er sonst niemanden hatte, mit dem er sich austauschen konnte.

Er schien sehr einsam zu sein und ich merkte, dass ihn meine Anwesenheit immer wieder aufmunterte.

Wenn ich nicht bei ihm war, streunerte ich durch das Dorf und sorgte dafür, dass es genug Nachwuchs gab. Es war nicht immer leicht, eine willige Katze zu finden und darum musste ich oft viele Kilometer in Nachbardörfer zurücklegen, um auf meine Kosten zu kommen. Dabei überquerte ich oft gefährliche Straßen. Durch meinen Hormonrausch war mir die Gefahr nicht immer so bewusst.

Mein Kopf sagte mir, dass es nicht gut war, immer noch mehr kleine Kätzchen zu produzieren, aber gegen die Macht der Hormone kam ich einfach nicht an.

Ich wusste, dass diese armen Katzenmütter genauso unter dem Stress der Geburt und der Aufzucht ihrer Babys leiden würden, wie meine eigene Mutter.

Und auch die Zukunft der Kitten war so ungewiss, wie meine eigene.

Jetzt trug ich auch meine ersten Kämpfe mit anderen Katern aus, die ihre Mädels und ihr Revier natürlich nicht mit mir teilen wollten.

Die meisten waren so wie ich unkastriert und einiges erfahrener und älter als ich. Zum Glück trug ich von diesen Auseinandersetzungen nur kleinere Blessuren davon, die ohne Komplikationen wieder verheilten.

In dieser Zeit besuchte ich auch immer wieder mal Hoppel, der nach wie vor in seinem verdreckten Stall still vor sich hin litt.

Er freute sich über meine Besuche, waren sie doch die einzige Abwechslung in seinem tristen Alltag. Wir redeten viel und ich erzählte ihm von meinen Abenteuern und dem netten alten Mann.

Hoppel litt noch immer unter Bauchschmerzen und Durchfall und ich machte mir ernsthafte Sorgen um ihn.

Leider konnte ich diesen blöden Stall nicht öffnen, sonst hätte ich ihn zu dem alten Mann geführt.

Ich war mir sicher, dort hätte er die Hilfe bekommen, die er gebraucht hätte. Er würde ihn ganz bestimmt mit offenen Armen empfangen und verwöhnen.

Als ich an einem sonnigen Herbsttag an seinen Stall trat, war Hoppel nicht mehr da. Der schmutzige Stall stand offen und als ich einen Blick hinein warf, wurde mir das ganze Ausmaß seiner Leidensgeschichte deutlich. Der Kot bedeckte mehrere Zentimeter des Bodens und war komplett mit Urin durchtränkt. Es stank bestialisch und mein Hass auf diese Menschen, die ihn so hatten leiden lassen, wurde noch größer.

An manchen Stellen hatte sich weißer Schimmel gebildet, es war einfach ekelhaft.

Kein Lebewesen hatte so ein erbärmliches Leben verdient. Ich war am Boden zerstört.

Fassungslos und zutiefst traurig verließ ich den Garten und hoffte, dass diese Menschen irgendwann das zurückbekommen würden, was sie dem armen Hoppel angetan hatten.

Nur ein paar Gärten weiter lebten zwei Kaninchen, die einen sauberen Stall mit großem Auslauf hatten.

Schon oft hatte ich beobachtet, wie die beiden Menschenkinder loszogen, um frisches Grünzeug für ihre Tiere zu pflücken. Warum nur waren die Menschen so unterschiedlich?

Die einen liebten ihre Tiere und verwöhnten sie und die anderen vernachlässigten oder quälten sie sogar.

Warum hielten sich Menschen, die keine Lust hatten sich zu kümmern, überhaupt Tiere?

Ich würde das wohl nie begreifen.

Mein Freund Hoppel hatte nach einem einsamen, traurigem Leben sterben müssen, weil er lästig geworden war. Weil sich die Menschen nicht dafür interessierten, wie es ihm ging und was er brauchte.

Nicht eine einzige Sekunde lang hatten sie versucht, sich in seine Lage zu versetzten, sich vorzustellen, wie es sein muss, tagein, tagaus alleine in einem verdreckten Stall zu sitzen.

Nur Menschen ohne Herz konnten zu so was fähig sein.

Wieder wurde mir bewusst, dass die Menschen im Laufe ihres Lebens abstumpften. Tim hatte sich ein Kaninchen gewünscht. Erst hatte er sich liebevoll darum gekümmert. Dann wurde es langweilig und die Eltern haben einfach weggeschaut, anstatt ihrem Sohn zu erklären, wie man ein Lebewesen zu behandeln hat. Tim würde also genau so ein gleichgültiger Erwachsener werden wie seine Eltern.

Als die Nächte dann kälter wurden, nahm ich das Angebot des alten Mannes, in seiner Gartenhütte zu übernachten, gerne an. Sobald im Haus das Licht ausging, kuschelte ich mich in das weiche, flauschige Bettchen, das einst Mimi gehört hatte.

Als der alte Mann die ersten Katzenhaare darin entdeckte, freute er sich sehr darüber.

Endlich wurde das Kuschelbettchen wieder gebraucht.

Die ersten Schneeflocken ließen mich in Erinnerung an meinen ersten Winter schwelgen. Zusammen mit den anderen Kitten hatte ich so einen Spaß daran gehabt, die kalten Flocken zu fangen. Wir waren damals total fasziniert gewesen von diesem Naturwunder. Jetzt hoffte ich irgendwie, dass dieser Winter schnell vorbeigehen würde. In der Gartenhütte war es zwar zugfrei und gemütlich, aber trotzdem kalt.

Die Adventszeit hier im Dorf gefiel mir sehr gut.

Wenn es dunkel wurde, funkelten an vielen Häusern Sterne und andere schöne Figuren. Die Bäume in den

Gärten waren mit Lichterketten geschmückt, überall leuchtete und blinkte es.

Als ich gegen Nachmittag des Heiligen Abends den alten Mann in seinem Garten besuchte, sah ich ihn zum ersten Mal richtig weinen. Er stellte mir einen Teller mit frischem Fleisch auf den Boden und schaute mich durch seine mit Tränen verschleierten Augen an:

„Ich wünsche dir ein frohes Fest lieber Kater. Ich würde dich so gerne ins Haus bitten, aber ich weiß, dass du das nicht kennst und Angst hast. Für mich ist das wieder mal ein trauriges Weihnachtsfest, so ganz alleine. Früher habe ich mich auf solche Feste im Kreise der Familie gefreut. Seit unser Sohn selbst eine Familie hat, feiert er natürlich mit seiner Frau und den beiden Kindern. Ich versteh das ja auch. Sie wohnen ja schließlich auch nicht gleich um die Ecke. Einmal in der Woche ruft Markus mich an und erkundigt sich nach meinem Befinden. Weißt du, er arbeitet viel und hat einfach nicht die Zeit mich öfter zu besuchen. Ich verstehe das, er hat einen guten Job. Außerdem studieren meine beiden Enkel, das kostet Geld.

Ja, auch wenn ich ihn und seine Familie gerne öfter sehen würde, ich muss mich damit abfinden. Sie haben ihr Leben und ich habe meins. So ist der Lauf des Lebens. Man wird alt und wird dann nicht mehr gebraucht, es tut weh, aber so ist es halt. An Ostern hatten sie mich dieses Jahr besucht, das war schön.

Leider waren meine beiden Enkelkinder nicht dabei, sie hatten über Ostern was anderes vor. Schade, ich glaube ich würde die beiden auf der Straße gar nicht mehr erkennen, so lange habe ich sie schon nicht mehr gesehen.

Naja, alles jammern hilft uns hier auch nicht weiter. Ich bin alleine und du bist es auch, also tun wir uns zusammen und wünschen uns gegenseitig frohe Weihnachten." Mit verweinten Augen lächelte er mir noch einmal zu, bevor er wieder zurück ins Haus ging.

Ich hatte ja schon oft das Gefühl gehabt, dass der alte Mann ganz oft versuchte, seine Traurigkeit zu überspielen, damit ich nicht merkte, wie es ihm wirklich ging. Ihn jetzt so zu sehen erschreckte mich.

Dieses Fest musste für die Menschen wohl sehr wichtig sein.

Ich setzte mich vor die Terrassentür und schaute nach drinnen. Nachdem er ein

Fotoalbum aus dem Schrank geholt hatte, nahm er in seinem schwarzen Ledersessel platz.

Langsam blätterte er Seite für Seite um.

Manche Bilder schaute er lange Zeit gedankenverloren an und streichelte behutsam mit seinen Fingern darüber.

Auf seiner Stirn zeigten sich tiefe Falten und seine weißen, buschigen Augenbrauen zogen sich immer wieder krampfhaft zusammen. Tränen rannen über sein Gesicht und ich konnte ihn sogar hier draußen schluchzen hören.

Ihn so zu sehen, machte mich unsagbar traurig und hilflos.

Er schien seinen Sohn und die Enkelkinder sehr zu vermissen.

Mit hängendem Kopf trottete ich langsam davon.

Jetzt, wo es so kalt war, trugen die Menschen oft da Fell von Tieren an ihrer Kleidung. Es erschreckte mich, und machte mir Angst.

Eines Tages sah ich eine Frau, die einen ganzen Mantel aus toten Tieren trug. An der Leine führte sie einen kleinen Hund, der ebenfalls ein Mäntelchen gegen die Kälte trug. Wie konnte diese Person, die ihren Hund ja offensichtlich liebte, andere Tiere dafür töten lassen, um sie am Körper zu tragen?

Die Menschen blieben für mich ein unlösbares Rätsel.

In der Silvesternacht stand ich Todesängste aus.

Schon den ganzen Tag knallte es immer wieder mal und ich erschrak jedes mal ganz furchtbar. In der Nacht kauerte ich in der Gartenhütte und zitterte am ganzen Körper, bis es endlich irgendwann wieder ruhiger wurde.

Ich konnte nicht verstehen, was es für einen Sinn machte, Raketen in die Luft zu schießen und irgendwelche Böller krachen zu lassen. Für mich als Katze und für all die anderen Tiere war das eine absolute Horrornacht gewesen.

So ging auch dieser Winter vorbei und der Frühling meldete sich lauen

Temperaturen, hübschen Blümchen, grünen Bäumen und Wiesen wieder zurück. Das war auch wieder die Zeit, in der ich viel auf Brautschau war und einige Kämpfe mit anderen Katern ausfechten musste.

Ich war sehr groß und kräftig geworden, was meine Chancen auf einen Sieg natürlich erhöhte.

Oft legte ich lange Strecken zurück und war manchmal mehrere Tage unterwegs, bevor ich wieder den Garten des alten Mannes aufsuchte.

Als ich eines Tages wieder einmal sehr weit von meinem Dorf entfernt auf Brautschau war, überkam mich plötzlich ein seltsames Gefühl. Ich musste ganz schnell zu dem alten Mann.

Ich wusste nicht, was es war, aber ein beklemmendes Gefühl sagte mir, dass irgendetwas nicht stimmte.

Also machte ich mich auf den Weg.

Es war sehr warm an diesem Tag und ich musste mehrere gefährliche Straßen überqueren, um nach Hause zu kommen.

Als ich den Garten endlich erreichte, eilte ich gleich zur Terrassentür, um in das Innere des Hauses zu schauen. Als ich ihn nirgendwo entdecken konnte, begann ich nach ihm zu rufen. So sehr ich mich auch anstrengte, der alte Mann erschien nicht.

Ich lief einmal rund um das Haus und sprang an jedem Fenster auf den Sims um nach drinnen zu gucken. Leider konnte ich ihn in keinem der Zimmer entdecken. Ein trauriges Gefühl beschlich mich und ich legte mich auf seinen Gartenstuhl. Noch nie hatte ich auf diesem Stuhl gelegen, aber heute musste ich es einfach tun. Hier war ich dem alten Mann plötzlich ganz nah. Ich spürte, dass er diese Welt verlassen hatte und trotzdem war er in diesem Moment irgendwie bei mir.

Jetzt musste er nicht mehr traurig sein, jetzt war er bei seiner geliebten Else und bei Mimi.

In dieser Nacht verließ ich den Gartenstuhl nur kurz, um meine Notdurft zu verrichten. Am nächsten Tag fuhr ein Auto in den Hof und ein Mann, der dem alten Mann sehr ähnlich sah, stieg aus und verschwand sogleich im Inneren des Hauses. Ich positionierte mich vor der Terrassentür, um zu schauen, was jetzt passieren würde. Als der Mann das Wohnzimmer betrat, nahm er ein Bild vom Regal und setzte sich damit in den Fernsehsessel des alten Mannes. Dann schlug er die Hände vor sein Gesicht und fing an ganz furchtbar zu weinen.

Lange Zeit saß er da und ließ seinen Gefühlen freien Lauf.

Dabei schaute er immer wieder auf das Foto und streichelte liebevoll mit seinem Finger über die beiden Gesichter seiner Eltern.

Als er aufsah, entdeckte er mich.

Langsam erhob er sich aus dem schwarzen Ledersessel und kam auf mich zu.

Reflexartig sprang ich ein paar Meter zur Seite und wartete ab.

Er öffnete die Tür und schaute mich durch seine verweinten Augen an, so wie mich der alte Mann an Heiligabend angeschaut hatte.

"Du musst der Kater sein, von dem mein Vater mir immer am Telefon erzählt hat. Es tut mir so leid Katerchen, aber du musst dir jetzt jemanden anderen suchen, der sich um dich kümmert. Mein Papa ist jetzt nicht mehr da." Er hob den Kopf und schaute in den blauen Himmel.

„Ich weiß, dass es ihm da oben gut geht.

Schon lange hat er davon gesprochen, dass er endlich zu Mama in den Himmel will. Hier, auf seinem geliebten Gartenstuhl, hat sein Herz plötzlich aufgehört zu schlagen. Die Nachbarin hat ihn gefunden. Erst dachte sie, er wäre eingeschlafen. Ja, irgendwie war er das auch, nur dieses mal für immer.

Das ist der schönste Tod, den man sich wünschen kann und doch macht es mich so traurig.

Traurig, weil mir erst jetzt bewusst wird, dass ich mir so selten Zeit für ihn genommen habe. Er war oft so einsam.

Ich hatte ihm schon vor einiger Zeit geraten, in ein Altersheim zu gehen, aber das wollte er nicht. Kann ich ja auch irgendwie verstehen, das hier war sein Haus, seine Heimat. So oft hat er nachgefragt, wann wir ihn denn mal wieder besuchen kommen und ich habe ihn jedes Mal vertröstet. Alles andere war mir wichtiger, als mein eigener Vater. Als ich ein Kind war, hat er alles für mich getan. Er war immer für mich da und hat mir beinahe jeden Wunsch erfüllt, soweit es für ihn möglich war. Er war ein sehr liebevoller Vater, zu dem ich mit jedem Problem kommen konnte.

Ich weiß nicht, warum ich das alles die letzten Jahre so vergessen habe. Am Telefon hab ich ihn oft abgewimmelt, weil ich keine Lust auf ein Gespräch mit ihm hatte.

Jetzt ist er tot und die Erinnerungen machen mich beinahe wahnsinnig. Nach dem Tod meiner Mutter habe ich mich in die Arbeit gestürzt, um mich abzulenken. Wie mein Vater sich damals fühlte, darüber habe ich nie nachgedacht. Für ihn muss es schrecklich gewesen sein, plötzlich alleine da zu stehen. Ich war damals zu arg mit meiner Trauer beschäftigt, so dass ich meinen eigenen Papa dabei vergessen habe.

Jetzt, wo er nicht mehr da ist, wird mir bewusst, wie einsam sein Leben gewesen sein muss.

Warum habe ich mir nicht mal früher Gedanken darüber gemacht?

Jetzt ist es zu spät. Das, was ich versäumt habe, kann ich nie wieder nachholen."

Erneut liefen ihm die Tränen über das Gesicht, als er die Tür hinter sich wieder schloss.

Ja, er hatte seinen Vater und ich meinen einzigen menschlichen Freund verloren. An diesem Tag lag ich noch lange in dem Gartenstuhl des alten Mannes und hing meinen Gedanken nach.

Es war nur ein kleiner Trost für mich, dass der alte Mann nicht leiden musste und die letzte Zeit seines Lebens in seinem geliebten Garten verbringen durfte.

Vermutlich hatte er, wie so oft, die Schmetterlinge beobachtet, die fröhlich von Blüte zu Blüte flogen, als er für immer die Augen schloss.

Für mich musste das Leben weitergehen.

Immer wieder besuchte ich den Garten des alten Mannes, und dachte an ihn. Stundenlang döste ich eingerollt auf seinem Gartenstuhl und wünschte mir den alten Mann zurück.

Einige Wochen passierte hier gar nichts. Alles blieb so, wie es mein Freund verlassen hatte.

In die Gartenhütte ging ich von diesem Tag an nie wieder, dazu konnte ich mich einfach nicht überwinden.

Eines Tages wurde ein großer Container vor dem Haus platziert.

Nach und nach verschwanden die Möbel des alten Mannes darin. Als ein Mann sich den Gartenstuhl griff und damit zum Container ging, zerriss es mir beinahe das Herz.

Jetzt war mein Platz, an dem ich mich meinem Freund so nahe gefühlt hatte, auch noch weg.

Als dann einige Zeit später eine Familie in das Haus einzog, mied ich diesen Ort. Ich wollte nicht sehen, wie sich alles veränderte und die letzten Erinnerungen an meinen Freund zerstört wurden.

Ich wanderte also wie früher durch die Gegend, schlief mal hier, mal dort.

Mein Essen musste ich mir nun wieder selber fangen. Die sorgenfreien Zeiten waren so schnell vorbei, wie sie gekommen waren.

Im Herbst fand ich Unterschlupf
in einer Scheune am Ortsrand.

Mit den anderen Katzen, die hier
lebten arrangierte, ich mich.

Besuch in der alten Heimat

Im Frühjahr drauf überkam mich der Wunsch, meine Familie und Freunde auf dem Hof zu besuchen, auf dem ich geboren war.

So machte ich mich also auf den Weg. Nach einem halben Tag hatte ich es geschafft und war in meiner Heimat angekommen.

Voller Vorfreude schlich ich mich um die Mauer herum um den Hofhund zu überraschen.

Als ich den Hund entdeckte, erschrak ich.

Dieser Hund war nicht der, mit dem ich mich nachts stundenlang unterhalten hatte.

Nein, dieser Hund war viel jünger und machte einen gesünderen Eindruck, als der alte. Vorsichtig ging ich auf ihn zu und hielt in einigem Abstand an. Der Hund schaute mich neugierig an.

„Wer bist du? Ich habe dich hier noch nie gesehen."

Ich erklärte ihm, dass ich auf diesem Hof geboren war, ihn aber vor einiger Zeit schon verlassen hatte, weil ich auf der Suche nach einem richtigen Zuhause war. Ich erzählte ihm von dem Dorf, in dem ich jetzt lebte und von der Sehnsucht nach meiner Familie und den alten Freunden hier.

Als ich ihn nach dem alten Hofhund fragte, senkte er traurig seinen Kopf.

„Ich bin sein Nachfolger, der alte Hund ist vor etwa einem Jahr gestorben. Er muss krank gewesen sein, darum hat der Tierarzt ihn dann wohl letztendlich eingeschläfert. Leider durfte ich ihn nicht mehr kennenlernen, aber ich habe schon viel von ihm gehört. Er muss bei allen Tieren hier sehr beliebt gewesen sein. Die anderen haben mich auch gleich darauf vorbereitet, welches Leben mich hier erwartet.

Zuerst habe ich geglaubt, sie übertreiben etwas, aber ich habe mich geirrt. Es ist genau so, wie alle gesagt haben. Ich bin hier angebunden und langweile mich zu Tode. Es ist jeden Tag das Gleiche, die Sonne geht auf, die Sonne geht unter. Die einzige Abwechslung, die ich habe, sind die Tiere, die mir manchmal Gesellschaft leisten.

Ich würde alles dafür geben, frei herumlaufen zu dürfen oder mal gestreichelt zu werden. Für die Menschen hier bin ich nur eine Alarmanlage, sonst nichts. Sie sehen mich nicht als Lebewesen, aber das gilt ja für alle Tiere hier auf dem Hof. Wenn ein Tier geht, kommt halt ein neues her, wir sind ja alle zu ersetzen."

Mit einem lauten Seufzer legte er sich nieder und bettete den Kopf auf seinen Vorderpfoten.

Er tat mir unendlich leid. Nicht einen Tag würde ich in seiner Situation sein wollen. Ein Leben als Hofhund, unbeachtet und angekettet. Grauenvoll.

Ich ging weiter über den Hof, in der Hoffnung, meine Mutter und meine Schwestern zu finden. Es dauerte nicht lange, da sah ich eine meiner Schwestern auf dem Feld sitzen. Schon als ich auf sie zu ging, sah ich ihren kugelrunden Bauch, bald würde sie, wie all die anderen Katzen hier ihre Kitten zur Welt bringen.

„Oh mein Brüderchen, ich freue mich riesig dich zu sehen, wie geht es dir, hast du dein großes Glück gefunden?"

Ausführlich klärte ich sie über meine momentane Situation auf, erzählte ihr von meinem neuen Leben, von den ganzen Abenteuern, den vielen Bekanntschaften und vor allem von dem alten Mann.

Von ihr erfuhr ich, dass sich unsere Mutter vor einigen Monaten einen Platz zum Sterben gesucht hatte. Sie war sehr krank gewesen, der Tod war eine Erlösung, meinte meine Schwester.

Von unserer anderen Schwester fehlte anscheinend seit drei Wochen jede Spur. Auch sie war trächtig gewesen, bis zur Geburt ihrer Babys hätte es nicht mehr lange gedauert. "Vielleicht hat sie sich ja ein besonders gutes Versteck für sich und ihre Kitten gesucht. Den letzten Wurf hat der Bauer entdeckt, und all ihre Babys ertränkt. Das hat ihr das Herz gebrochen, sie hat sehr lange um ihre Kinder geweint.

Schließlich haben wir Katzen ja auch eine sehr emotionale Bindung zu unseren Kindern.

Du siehst also, hier hat sich nichts verändert.

Von den Menschen werden wir nach wie vor wie Gegenstände und nicht wie

Lebewesen behandelt."

"Vielleicht solltest du mit mir ins Dorf kommen, da stehen deine Chancen für dich und deine Kitten besser als hier."

"So sehr ich auch von einem liebevollen Zuhause träume, dazu kann ich mich nicht überwinden. Meine Angst vor den Menschen ist einfach zu groß. Hier habe ich alles, was ich brauche. Ich finde Nahrung, habe einen trockenen Unterschlupf und kann den

Menschen aus dem Weg gehen."

Nachdem ich mich von meiner Schwester verabschiedet hatte, stattete ich den Milchkühen noch einen Besuch ab.

Außer, dass die Kühe andere waren, hatte sich auch hier nichts verändert. Dicht an dicht standen die Hochleistungsmilchkühe in ihren Buchten und machten Kaubewegungen.

Mit ihren Gedanken schienen sie in anderen Welten zu sein, sie nahmen mich überhaupt nicht wahr.

Vermutlich träumten sie von Spaziergängen auf saftigen, grünen Wiesen, von einem Leben in Freiheit, ohne tägliche Ausbeutung, Zwangsbesamung und Kindesentzug. Dieses ganze Elend wieder so zu sehen, machte mir deutlich klar, dass ich die richtige Entscheidung getroffen hatte, den Hof zu verlassen.

Als ich draußen dem Bauer über den Weg lief, wurde mir klar, dass er überhaupt keinen Überblick mehr hatte, welche und wie viele Katzen auf seinem Hof lebten. Traurig und nachdenklich machte ich mich wieder auf den Weg ins Dorf.

Auf halber Strecke entdeckte ich eine total erschöpfte, weiße Taube auf einem Feldweg.

Die Hochzeitstaube

Als ich mich ihr näherte, schreckte sie auf und flatterte auf einen nahegelegenen Baum. "Du musst keine Angst haben, ich habe gerade gegessen. Was machst du denn hier, wenn ich fragen darf?

Ich habe noch nie eine einzelne weiße Taube so in der Natur gesehen."

"Ach weißt du, eigentlich gehöre ich hier ja auch nicht hin. Ich bin eine sogenannte

Hochzeitstaube und habe mich verflogen." "Hochzeitstaube? Was um alles in der Welt ist das?"

"Weiße Tauben symbolisieren Frieden und Treue. Die Menschen finden es romantisch, uns an Hochzeiten fliegen zu lassen.

Dazu werden ein paar von uns zu dieser Zeremonie an einen uns unbekannten Ort gefahren und dort nach der Trauung frei gelassen. Sie finden es schön, wenn wir uns in die Luft erheben und wegfliegen. Was für die Menschen schön anzusehen ist, bedeutet für uns großen Stress. Bis zur Freilassung sitzen wir in kleinen Boxen. Wir Tauben sind sehr standorttreue Tiere und verlassen unseren Schlag eigentlich nur für kurze Ausflüge. Weil wir also unbedingt wieder heim wollen, fliegen wir so schnell wie möglich zurück nach Hause.

Obwohl wir einen ganz guten Orientierungssinn besitzen, kommen viele von uns aber dort nie wieder an.

Manche werden Opfer von Greifvögeln, so wie eine der Tauben, die mit mir geflogen ist. Als wir den großen Vogel sahen, sind wir um unser Leben geflogen, ohne darauf zu achten, in welche Richtung es ging. Ich habe dabei den Anschluss an die anderen verloren. Mindestens einen meiner Artgenossen hat dieser Vogel erwischt. Was aus den anderen geworden ist, weiß ich nicht.

Ich wollte nur noch weg, zurück nach Hause, in meinen Taubenschlag, in dem meine Partnerin auf mich wartet.

Jetzt sitze ich hier, habe einen bärenhunger und keine Ahnung, in welche Richtung ich fliegen muss. Ich bin müde, kaputt und habe schreckliche Angst.

Es gibt auch noch andere Tauben, die sind dann grau, schwarz oder braun. Die nennt man dann Brieftauben. Mit so einer hab ich mich auch mal unterhalten. Was die mir erzählt hat, fand ich auch ganz schön hart.

Sie hatte sich bei einem Wettflug verflogen und sich dann den Tauben in der Stadt angeschlossen. Sie erzählte mir, dass es Taubenzüchter gibt, die ihre Tiere ganz weit weg bringen, um zu schauen, welche am schnellsten wieder

Zuhause ist. Dabei trennen sie die Tauben von ihren Partnern oder der Partnerin. Wir Tauben sind sehr treue Tiere und haben eine ganz enge Bindung zu unserem Partnertier. Das nutzen die Menschen aus, weil sie genau wissen, dass eine Taube alles dafür gibt, um so schnell wie möglich zu seinem Partner und in den heimischen Taubenschlag zu kommen.

Die Tiere in den Städten führen einen täglichen Überlebenskampf.

Da das Füttern verboten ist, ernähren sie sich von allem was sie finden können. Eigentlich sind sie Körnerfresser, aber finde mal ein Korn in der Stadt. So ernähren sie sich dann eben von Brot und Pommes. Nicht sehr gesund, aber sie haben keine Wahl. Bei der täglichen Futtersuche, verfangen sich ihre Füße oft in herumliegenden Schnüren, Haaren oder irgendwelchen Plastikteilen. Oft sind die Füße so stark verschnürt, dass einzelne Zehen absterben. Ein langer und schmerzhafter Leidensweg. Obwohl eine Taube locker 13 bis 15 Jahre alt werden kann, liegt die Lebenserwartung der Stadttauben bei etwa zwei Jahren.

Viele Menschen mögen diese Stadttauben gar nicht, weil sie so viel Dreck machen und die Menschen Angst haben, dass die Tiere sie mit irgendwelchen Krankheiten anstecken. Diese Angst ist aber total unbegründet, da die meisten Krankheiten tierartspezifisch sind und nicht auf Menschen übertragen werden können.

Du siehst also, Menschen sind seltsame Wesen. Auf der einen Seite lassen sie weiße

Tauben als Symbol für Frieden und Treue auf Hochzeiten fliegen und auf der anderen Seite verabscheuen sie die grauen Stadttauben, obwohl sie für deren Anwesenheit noch selbst verantwortlich sind.

So, jetzt sollte ich mich wieder auf den Weg machen. Ich hoffe, dass ich den Heimweg finde und bald wieder bei meiner Partnerin im sicheren Taubenschlag sitze." "Lebe wohl weiße Taube, ich wünsche dir viel Erfolg und alles Gute." Ich machte mich also wieder auf den Weg ins Dorf.

An einer vielbefahrenen Straße fiel mir der ganze Müll auf, der links und rechts am Fahrbahnrand lag.

Plastikbecher, Zigarettenschachteln, Behälter von irgendwelchen Fastfood Restaurants und vieles mehr.

Die Menschen regen sich über die Hinterlassenschaften der Tauben auf und schmeißen ihren Müll einfach aus dem Auto in die Natur. Das solle nur einer verstehen.

Ich persönlich fand diesen Müll, den die Menschen an den unterschiedlichsten Orten hinterließen, viel schlimmer. Vor einiger Zeit hatte ich mal einen toten Igel gesehen, der mit dem Kopf in einer Blechdose feststeckte. Es muss ein furchtbarer Tod für ihn gewesen sein. Und das alles nur, weil die Menschen ihren Müll einfach in der Natur entsorgten.

Auf den Sommer folgte wieder ein schöner Herbst und ein harter, kalter Winter. Die Jahreszeiten wechselten sich ab, ich wurde immer älter und erfahrener.

Ich schlug mich, wie all die Jahre zuvor, irgendwie durch. Suchte mir zum Schlafen trockene Plätze und ernährte mich von Mäusen, Insekten und allem, was die Menschen auf ihren Misthaufen entsorgten.

Wenn ich Glück hatte, fand ich irgendwo eine gefüllte Futterschüssel, die ein Mensch seiner Katze auf die Terrasse gestellt hatte.

So vergingen die Jahre und mein Traum von einem richtigen Zuhause schien wie eine Seifenblase zu zerplatzen.

Mittlerweile sah man mir die harte Zeit auf der Straße auch an.

Mein Fell war struppig, und von den vielen Kämpfen mit Rivalen hatte ich eingerissene Ohren und andere Blessuren am Körper.

Wer würde so einem runtergekommenen Kater denn noch ein Zuhause bieten? Die meisten Menschen wünschten sich ganz junge Katzen, meine Chance, einen Menschen zu finden, der mich gernhaben würde, war gleich null.

Mittlerweile hatte ich mich damit abgefunden und lebte einfach mein Leben. Noch immer unterhielt ich mich gerne mit anderen Tieren und ließ mir ihre Lebensgeschichte erzählen.

Eines Tages sah ich eine ältere Katzendame an einem mit einem Gitter verschlossenen Fenster sitzen und kam mit ihr ins Gespräch.

Eine Hauskatze erzählt

"Und wieder mal ein Tag, an dem ich nichts anderes tue als auf meine Menschen zu warten.

Heute früh, als sie wieder alle so zeitig aufgestanden sind, war mir schon klar, dass es wieder mal einer dieser furchtbar langweiligen Tage werden würde. Die meisten Tage sind so.

Kaum hat der Wecker geklingelt, geht es auch schon los.

Frauchen ist immer die erste, die hektisch durch die Wohnung flitzt. Vom Bad in die Küche, dann in die Zimmer der beiden Kinder, nebenher ermahnt sie Herrchen er möge doch bitte aufstehen.

Ich werde beinahe komplett übersehen. Mein Futternapf wird zwar schnell noch gefüllt und wenn ich Glück habe, streichelt mir einer meiner Menschen kurz über den Kopf aber das war es dann aber auch schon.

Nachdem sich alle gewaschen und die Zähne geputzt haben, treffen sie sich noch schnell in der Küche auf einen Kaffee und dann geht auch schon jeder seinen Weg.

Herrchen, Frauchen und Moni gehen zur Arbeit und Flori muss zur Schule.

Nur ich bleibe Zuhause, alleine.

Wenn sie dann alle weg sind, ist es sehr ruhig in der Wohnung. Meist leg ich mich dann auf meinen Lieblingsplatz und döse vor mich hin.

Oft sitze ich stundenlang am Fenster und schaue nach draußen.

Manchmal kommt Flori nach der Schule kurz nach Hause. Wenn ich ihn höre, lauf ich meist ganz schnell zur Tür, um ihn zu begrüßen.

Früher hat er sich immer gefreut, wenn ich gelaufen kam, hat mich liebevoll auf den Arm genommen und mit mir geschmust, heute nimmt er mich häufig gar nicht wahr. Meist hat er es ganz eilig, wirft seine Schultasche in sein Zimmer, macht sich schnell was zu Essen und geht dann auch schon wieder. Er trifft sich mit Freunden, die sind ihm wichtiger als ich.

Wenn ich mich am Abend auf den Schoß von Frauchen legen möchte, dann schiebt sie mich runter, mit der Begründung, dass ich zu viele Haare verliere. Früher haben sie meine Haare nicht gestört, da durfte ich stundenlang auf ihr liegen und sie hat mich gekrault. Früher war einfach alles anders. Da war Frauchen den ganzen Tag Zuhause und wenn die Kinder mittags von der Schule kamen, haben wir ganz viel miteinander gespielt.

Mich macht das alles sehr traurig.

Dass Moni jetzt einen Freund hat, find ich ja toll. Nur leider schläft er des Öfteren bei ihr. Mich würde das ja nicht stören, ich würde mich gerne zu den beiden ins Bett kuscheln. Aber leider ist ihre Tür jetzt nachts immer verschlossen und ich darf nicht mehr in Monis Zimmer schlafen. Ich hab mich nachts immer so gerne zu ihr gelegt und die Nacht unter ihrer Decke ganz nah an ihrem Körper verbracht. Ja, so ändern sich die Zeiten.

Da ich ja auch nicht nach draußen darf, weil die Menschen Angst haben, mir könnte was passieren, ist mein Leben recht einsam und langweilig geworden.

Meinen Menschen fällt das nicht auf. Sie meinen, dass ich so viel schlafe und so ruhig geworden bin, liegt an meinem Alter.

Dass ich aber so langsam einfach keine Lust mehr habe, ständig abgewiesen zu werden, weil sie alle immer im Stress sind und Wichtigeres zu tun haben, darauf würden sie nie kommen.

Sie sind alle immer viel zu sehr mit sich selbst beschäftigt und machen sich über mein Leben keine Gedanken.

Sie sind der Meinung, Katzen sind ja so anspruchslos. Wir sind zufrieden, wenn wir täglich unser Futter bekommen und das Katzenklo regelmäßig gereinigt wird. Dass auch wir Katzen beschäftigt werden möchten und gerne soziale Kontakte pflegen würden, das kommt denen nicht in den Sinn.

Die letzten Katzen, zu denen ich Kontakt hatte, waren meine Geschwister und meine

Mama.

Ich war 12 Wochen alt, als ich das letzte Mal von einem Artgenossen liebevoll geputzt wurde.

Genau so lange ist es her, dass ich mich durch Körpersprache mit jemandem austauschen konnte. Damals habe ich das letzte Mal mit einem Gleichgesinnten so richtig raufen und spielen können. Mich an das Fell eines Artgenossen gekuschelt und mich nie einsam gefühlt.

Ich verstehe, dass sie manchmal viel zu tun haben und mich nicht rund um die Uhr bespaßen können, aber müssen sie mich deswegen wirklich gleich total links liegen lassen?

Wenn sie sich wenigstens einmal am Tag intensiv mit mir beschäftigen würden, mir zeigen würden, dass sie an mich denken und mich liebhaben, dann würde mich das schon sehr freuen. Ich bin kein Gegenstand, den man sich anschafft und der irgendwann in einer Ecke der Wohnung verstaubt.

Ich bin ein Lebewesen, das geliebt und gefordert werden möchte.

Ich weiß ja nicht, wie meine Menschen empfinden, aber ich liebe sie von ganzem Herzen."

Mit diesen Worten kehrte sie mir den Rücken zu und verschwand im Inneren der Wohnung.

Was für ein eintöniges, langweiliges Leben diese Katze doch hatte.

In dem Moment war ich ziemlich froh, dass ich frei war und selbst entscheiden konnte, wohin ich gehen würde.

Ich hatte zwar auch viel Gutes über die Menschen gehört, aber irgendwie blieb das Schlechte ganz besonders in meinem Gedächtnis hängen.

Eines Tages bekam ich Zahnschmerzen.

Eine Weile konnte ich die Schmerzen ignorieren, aber nach einiger Zeit waren sie so stark, dass es mich große Mühe kostete, meine Mahlzeiten zu verspeisen. Die meiste Zeit suchte ich auf Komposthaufen nach weicher Nahrung. Innerhalb weniger Monate wurde aus dem gesunden, kräftigen Kater ein ausgemergelter, alter Streuner.

Ich konnte so gut wie keine Nahrung mehr aufnehmen und war nicht mal mehr imstande, mein Fell zu pflegen, worauf ich immer sehr großen Wert gelegt hatte. Auf meinem Fell tummelten sich Flöhe und allerhand anderes Ungeziefer.

Die Stellen in meinem Fell, die mal weiß gewesen waren, schienen jetzt beige zu sein. Ich sah furchtbar aus und hatte auch irgendwann keine Kraft mehr, zu kämpfen.

Noch fünf schöne Jahre

Ich lag auf einem Holzstapel, zu schwach um mich zu bewegen.

Mein ganzer Körper schmerzte und ich hatte mich damit abgefunden, dass ich diese Welt verlassen würde.

In meinen besten Jahren war ich ein stattlicher Kater gewesen, hatte mich immer irgendwie alleine durchgeschlagen. Geboren auf einem Bauernhof, blieb mir ja auch nichts anderes übrig.

Mein Leben war ein einziger Kampf. Es bestand aus Jagen und der Suche nach paarungswilligen Katzen. Hier, in unserem Dorf, hatte ich für viel Nachwuchs gesorgt. Der Traum von einem behüteten Zuhause hatte sich nicht erfüllt und dennoch war ich mir sicher, dass es richtig gewesen war, den Hof damals zu verlassen.

Jetzt lag ich also da und ließ mein Leben Revue passieren. Ich dachte an meinen kleinen Bruder, an die Worte von Joelina, an Hoppel und an meinen Freund den alten Mann. Mir gingen die Geschichten der ganzen Tiere durch den Kopf, die ich auf der Suche nach meinem Glück gehört hatte. Es waren schöne, traurige und auch unglaubliche Geschichten dabei gewesen. Ich hatte die Augen geschlossen und wartete nur darauf für immer einzuschlafen, als ich plötzlich eine menschliche Stimme hörte. Ich öffnete die Augen, war aber zu schwach, um wegzulaufen.

Die Stimme klang sehr liebevoll und besorgt. Ich spürte eine Hand, die über mein Fell streichelte. Dieses Gefühl war mir fremd, ich hatte so viel Nähe noch nie zugelassen.

Jetzt hatte ich keine Wahl und ließ es geschehen.

Als sich die Frau entfernte, wusste ich nicht, ob ich es gut oder schlecht finden sollte. Irgendwie war es ein schönes, beruhigendes Gefühl gewesen die Hand auf meinem Rücken zu spüren.

Kurz darauf stand sie wieder vor mir und stellte mir eine Schüssel mit unglaublich gut riechendem Katzenfutter hin. Ich sammelte meine letzten Kräfte, ich hatte so einen verdammt großen Hunger. Aufstehen konnte ich nicht, mir versagten die Hinterbeine.

Also versuchte ich im Liegen davon zu essen. Leider klappte auch das nicht so richtig und so schleckte ich nur ein bisschen daran herum.

Ich konnte mich nicht mal wehren, als die Frau mich auf den Arm nahm und in eine Kiste legte. Ich hatte mit meinem Leben abgeschlossen und erwartete das Schlimmste. Ich wurde mit dieser Kiste in das Haus getragen. Die Frau, die mich gefunden hatte telefonierte aufgeregt, während zwei junge Mädchen mich mit traurigen Augen ansahen und vorsichtig ihre Hände über mein Fell gleiten ließen. "Der gehört bestimmt niemandem, wir müssen ihm einen Namen geben." Entschied eines der Mädchen.

"Er soll Gary heißen, wie die Schnecke bei Sponge Bob!"

Ich hatte keine Ahnung, wer diese Schnecke oder Sponge Bob waren, aber ich fand die Idee einen Namen zu bekommen irgendwie wunderschön. So musste ich wenigstens nicht Namenlos von dieser Welt gehen.

Dann ging alles ganz schnell. Ich wurde in ein Auto geladen und zu einer Tierärztin gebracht.

Ich hatte keine Ahnung, was das alles zu bedeuten hatte und wäre im gesunden Zustand mit Sicherheit die glatten Wände hochgesprungen. Da ich aber so kraftlos war und keinen Lebenswillen mehr hatte, ließ ich alles über mich ergehen.

Ich bekam mehrere Spritzen, die es ermöglichten, dass die Schmerzen in meinem Körper erträglicher wurden und ich wieder ein bisschen fressen konnte. Nach einigen Tagen schlief ich nach einer weiteren Spritze tief und fest ein.

Als ich wieder aufwachte, hatte ich keine Zähne mehr. Wie durch ein Wunder ging es mir dann von Tag zu Tag besser.

So langsam begriff ich, dass die Menschen es hier in der Tierarztpraxis gut mit mir meinten und ließ es auch zu, dass sie mir übers Fell streichelten.

Einige Wochen später, wurde ich wieder in ein Auto geladen.

Große Angst überkam mich. Was würde jetzt passieren? Zusammengekauert saß ich in der Box und hoffte, diese Autofahrt bald überstanden zu haben.

Als die Transportbox geöffnet wurde, erkannte ich sofort meine alte Heimat wieder. Ich wollte aber nicht zurück, hatte ich doch gerade erst erfahren, wie schön das Zusammenleben mit den Menschen sein kann.

Aber da war diese Frau, die mich gefunden hatte und die nahm mich liebevoll in den Arm.

Und da war auch der Rest der Familie, die sich alle darüber zu freuen schienen, dass ich wieder da war.

Mit der Frau vom Tierschutz, die mich hergebracht hatte, wurde verhandelt, dass ich mein Leben als Streuner weiter leben sollte, aber hier eine Anlaufstelle zum Fressen bekam. Man richtete mir auf der Terrasse ein kuscheliges Bettchen her, in das ich mich zurückziehen konnte.

Die Menschen hier füllten täglich meine Futterschüssel, streichelten und bürsteten mich. Ich war überglücklich, hatte ich doch tatsächlich nach so langer Zeit auf der Straße meine Menschen gefunden.

Ab jetzt begrenzte ich mein Revier nur noch auf dieses Grundstück. Der Drang nach der großen Freiheit, war dem Wunsch nach einem liebevollen Zuhause gewichen. Ich hatte jetzt einen Namen und wollte diese Menschen nie wieder hergeben.

Als es Herbst, und das Wetter draußen ungemütlich wurde, traute ich mich zum ersten Mal freiwillig ins Haus.

Ich durfte mich frei bewegen und kapierte auch sofort, wozu das Katzenklo gedacht war. Die vier anderen Katzen waren nicht ganz so begeistert wie ich über meinen Einzug, akzeptieren mich aber.

Von der ältesten der Katzen, die hier lebte, erfuhr ich, dass auch sie eine ehemalige

Streunerin gewesen war. Auch sie wurde auf einem Hof geboren, wuchs aber im guten Kontakt zu Menschen auf, so dass sie keinerlei Scheu hatte. Hier hatte Misty dann aber vor einigen Jahren die Menschen gefunden, die sich richtig um sie kümmerten und mit Futter versorgten. Sie war damals trächtig gewesen und hatte sich kurzerhand entschieden, ihre Kitten hier in sicherer

Umgebung zur Welt zu bringen. Das waren ihre letzten Babys gewesen, danach wurde sie kastriert und durfte zusammen mit zwei ihrer Töchter hierbleiben, währen zwei weitere Kätzchen zu anderen tierlieben Menschen vermittelt wurden.

Ich war mir nicht ganz sicher, aber wenn ich die beiden Töchter von Misty so anschaute, konnte es gut sein, dass sie meine Gene trugen.

Den Überblick über meine kurzen Beziehungen hatte ich schon lange verloren.

Dann war da noch der Jungspund Dusty.

Ein immer gut gelaunter, junger Kater, den nichts aus der Ruhe bringen konnte.

Leider wurde ihm seine Unbeschwertheit eines Tages zum Verhängnis.

Dusty starb bei einem Verkehrsunfall. Vermutlich hatte er mal wieder nur Flausen im Kopf gehabt und beim Überqueren der Straße nicht auf den Verkehr geachtet.

Die Trauer bei den Menschen war unermesslich.

Niemals im Leben hätte ich mir vorstellen können, wie sehr Menschen ein Tier lieben konnten.

Ich hatte also auf meine alten Tage tatsächlich noch ein riesengroßes Glück gehabt, solche Menschen zu treffen.

Dank täglicher Tablettengabe, ging es mir trotz Schilddrüsenüberfunktion richtig gut.

Ich spielte zum ersten mal mit Tischtennisbällen und Frauchen brachte mir das Clickern bei. Daran hatte ich immer ganz viel Spaß und lernte sogar ein paar Kunststückchen. Jetzt konnte ich mein Leben erstmals so richtig genießen.

Dank Kastration wurde ich nicht mehr von meinen Hormonen gesteuert und konnte mich ganz und gar auf das Familienleben konzentrieren.

Dann machte sich irgendwann das Alter bemerkbar. Das Fressen fiel mir schwer und oft war ich total zerstreut.

Ich wurde dement und hatte manchmal keine Ahnung, was ich eigentlich gerade tat.

Manchmal lief ich einfach nur rastlos hin und her, irgendwann wusste ich nicht mehr, wo die Katzentoiletten standen und urinierte einfach irgendwo hin.

Ich bekam Hausarrest, weil ich so zerstreut war, dass meine Familie Angst um mich hatte. Eines Tages schaffte ich es, unbemerkt das Haus zu verlassen. Ich irrte eine ganze Nacht draußen herum, hatte keine Orientierung und sah die Welt nur noch wie durch einen Schleier.

Ich hörte meine Familie die halbe Nacht nach mir rufen, war aber nicht fähig, mich bemerkbar zu machen, geschweige denn ihnen entgegen zu laufen. Am nächsten Morgen fand ich mich auf einer großen Wiese wieder.

Ich hörte die Stimme meines Frauchens, war aber nicht imstande, mich zu bewegen.

Ich hatte panische Angst.

Mit weit aufgerissenen Augen schaute ich sie an. Sie sprach liebevoll auf mich ein und nahm mich behutsam auf den Arm.

Als sie mich an sich drückte und mit zitternder Stimme sagte, wie froh sie sei mich gefunden zu haben, wusste ich mich in Sicherheit und begann leise zu schnurren. Immer wieder fuhr Frauchen mit mir zum Tierarzt. Ich bekam alle möglichen Spritzen, aber gegen das Altern waren wir alle machtlos.

Ich hatte furchtbar abgenommen und war sehr schwach, als Frauchen nach einem

Telefonat mit der Tierärztin weinend mit mir in die Praxis fuhr. Ich lag in der

Transportbox, die Frauchen auf dem Beifahrersitz befestigt hatte und hörte ihre Worte. "Es tut mir so leid Gary. Ich liebe dich und werde dich nie vergessen. Du wirst jetzt von deinen Schmerzen erlöst, auch wenn es mir beinahe das Herz zerreißt, ich weiß, daß es das Beste für dich ist. Gleich wird es dir besser gehen, du musst keine Angst haben. Ich liebe dich, es tut mir so leid."

Dann lag ich auf ihrem Schoß und spürte ihre Tränen in meinem Fell. Als ich die Spritze bekam hörte ich sie schluchzen, dann schlief ich auch schon ein.

Liebes Frauchen, du hast alles richtig gemacht!

Du und deine Familie, ihr habt mir die schönsten fünf Jahre meines Lebens geschenkt. Ohne euch, hätte ich nie erfahren, wie es ist, geliebt zu werden. Als ihr gesehen habt, dass das Leben nur noch eine Qual für mich war, habt ihr das einzig Richtige getan, ihr habt mich gehen lassen.

Auch das gehört zum Leben.

Man muss Lebewohl sagen, wenn die Zeit gekommen ist.

Als mein Herz aufgehört hat zu schlagen, war ich nicht alleine, und das ist so viel wert.

Lasst meinen Platz bitte nicht leer.

Wenn ihr einem anderen Tier ein Zuhause gebt, dann ersetzt ihr mich nicht, sondern gebt diesem Tier eine Chance, so wie ihr auch mir eine Chance gegeben habt. Und seid nicht traurig, dass ich nicht mehr bei euch bin.

Erinnert euch an unsere gemeinsame Zeit und seid stolz drauf, mich so glücklich gemacht zu haben.

Ich wünschte jedes Lebewesen könnte am Ende seines Lebens behaupten; ich wurde geliebt

Euer Gary

Zeitfracht Medien GmbH
Ferdinand-Jühlke-Straße 7
99095 Erfurt, Deutschland
produktsicherheit@kolibri360.de